北京汉阅传播
Beijing Han-read Culture

TSUCHIYA TAKAO

土屋隆夫

七曜文库

吉林出版集团有限责任公司

傀儡死之夜

陈玉萍 译

NINGYOU GA SHINDA YORU by TSUCHIYA TAKAO
Copyright ©2007 TSUCHIYA TAKAO
Simplified Chinese edition arranged with
SHIMAZAKI International Copyright Agency

吉林省版权局著作权合同登记 图字：07-2011-3035号

图书在版编目(CIP)数据

　　傀儡死之夜 /（日）土屋隆夫著；陈玉萍译. 一 长
春：吉林出版集团有限责任公司，2013.10
　　（七曜文库）
　　ISBN 978-7-5534-3086-7

　　Ⅰ. ①傀…Ⅱ. ①土…②陈…Ⅲ. ①推理小说－日
本－现代Ⅳ. ①I313.45

中国版本图书馆CIP数据核字(2013)第224828号

傀儡死之夜

作　　者	[日]土屋隆夫	
译　　者	陈玉萍	
出 品 人	刘丛星	
创　　意	吉林出版集团·北京汉阅传播	
总 策 划	崔文辉	
责任编辑	崔文辉　曹文静	
封面设计	未　氓	
开　　本	655mm×960mm　　1/16	
印　　张	19.25	
版　　次	2014年6月第1版	
印　　次	2017年1月第2次印刷	

出　　版	吉林出版集团有限责任公司
发　　行	北京吉版图书有限责任公司
地　　址	北京市西城区椿树园15－18号底商A222
	邮编：100052
电　　话	总编办：010－63109269
	发行部：010－63104979
网　　址	http://www.beijinghanyue.com/
邮　　箱	jlpg-bj@vip.sina.com
印　　刷	北京航天伟业印刷有限公司

ISBN　978-7-5534-3086-7　　　　定价　46.00元

傀儡死之夜

人形が死んだ夜……

第一章

七月二十五日这天，关川纱江跟着妈妈松代和外甥俊来到了志木温泉的旅馆——惠风庄。

　　大概两月前，关川纱江就打了预约电话。

　　"我们一行有老人，腿脚不是很灵便，请尽量给我们安排在一楼离浴池比较近的房间，可以吗？"

　　房间一如预期，十分让人满意，榻榻米一看就是新换的，被子整齐地摆在入口，刚一打开门，兰草的清香便扑鼻而来。

　　母亲一脸满足地环视四周，对纱江笑道："这房间不错啊！挺宽敞，住三个人绰绰有余了。"

　　"听说，整个一楼的房间以前都是为自己开伙的客人们提供的。一到冬天，附近的农民们便会相邀来这里住上两周，所以，这房间就挺宽敞的。嗯，这都是井上老师说的。"

　　井上老师曾是纱江的同事，两人在同一所中学教过书。她是这家旅馆主人的小女儿，今年四月份结婚了，如今已搬到长野市去住了。毕竟是女儿以前的同事，就冲着这层关系，旅馆老板也不会亏待纱江的吧，所以准备了这么个好房间。

　　自古以来，志木温泉就作为附近农民们的温泉疗养地而备受欢迎，但是旅馆只有惠风庄一家。之所以会这样，是因为流经附近的志木河只有六千米长，四周峡谷环绕，海拔九百二十米，奇岩林立，绝壁横生，适合建旅馆的地方特别少。

所以，旅馆里温泉水源充裕。温泉源源不断地从泉眼中流出，更新着旅馆里的两个大浴池，而满溢出来的水就哗哗地流到附近的那个溪流里。

最近，有电视台专门制作了一期名为"秘密温泉之旅"的节目，再加上从都市来住宿的旅客也多了，与其说它是个温泉疗养地倒不如说是个旅游区了。但是，这附近没什么配套的旅游设施，所以它依然保留着山间温泉旅馆所特有的静谧。

房间里摆放着暖水瓶和茶道用具，点心盘子里整齐地放着旅馆的特产——用荞麦面做成的包子。

纱江从带来的波士顿手提包里拿出三个人的洗漱用具和浴巾，准备沐浴。

"泡壶茶喝吧！"松代拿起了暖水瓶。

俊一手拿着包子，嘴里还塞得满满的，朝纱江喊："我……呜呜……我也可以出去吗？"

"你说的出去，是去哪儿呢？我们就要去泡温泉了，浴池宽敞得很，也没别的客人在，我们正好可以在那里游泳，是不是很棒啊？来，这是你的搓澡巾。"

俊没有接纱江递过来的搓澡巾，而是拿过一个大素描册，挥舞着指头做出画画的动作。这是俊从小养成的习惯，嘴上表达不出来的时候，干脆不说了，直接用手势动作来代替。

"噢，你是想去写生啊！不过，今天太晚了，明天吧！先住一晚，明早起来再慢慢画。好吧，就这样吧！"

"不要。"俊边说边拿起第二个包子往嘴里送，"呜呜……我就先去看看地方，看完了就回来。"

包子还没吞下去，人就跑了。

"俊，你回来！"松代很想这样把他喊回来，但转念一想又笑了，"这也是件好事，他喜欢就让他去吧！那孩子画画的时候神采奕奕的，而且前段时间他竟然还说决定将来就画画了，这样一来，就能赚很多钱让我出国去旅游。我就跟他说，那我很期待啊，越早越好哦！"

"有这回事？俊才十二岁，上六年级，再怎样喜欢画画，只怕连画家是什么概念都不知道吧？到高中以后再考虑这些事也不晚呀！"

"话可不是这么说，从一年级开始，那孩子就参加县里的小学生画画比赛，哪次不是拿金奖啊！"

的确如此。俊自从上了幼儿园，就对画东西有浓厚兴趣，虽然那时画的是蜡笔画，但其作品色彩明快，描绘逼真。幼儿园的老师都说："这真的是孩子画的？"可见他画得多好。

上小学以后，俊渐渐迷上了水彩画，任课老师曾这样感叹："我教了这么多年，孩子们的画也看了不少，我都不敢相信一年级的学生能画出这样的画，小俊他真是个天才画家。"

俊在画画方面表现出的才能，连大人们都心悦诚服。

尤其是去年，当地的报社举办了"小学初中高中绘画比赛"。参赛的三百多人中，俊的画获得了小学组第一名。

这次比赛是教育委员会赞助的，入选作品会在县内的各个学校巡回展示。全部佳作都被当天的报纸登出，且附有各位审查委员的评论。其中一个著名的儿童文学作家这样评论俊的画——

"我们从这幅画里看到满山红叶和山脚绵延的一条小路，这很寻常，哪个孩子都会画，而作者独出心裁，又画了一位挂着拐棍的老人走在小路上，留给我们一个背影。老人身边点缀着一只小狗，它一蹦一跳地追着老人投在地上的影子，仿佛对美景充满眷恋。夕阳西下，阳光和红叶相映生辉，这的确很美，但更吸引我的是画中传达出的纯真安详之美。作者只是个十一岁的孩子，画的却不只是一张落日风景画。我们在看的过程中能感受到一个故事。这不正是谷内六郎的境界吗？谷内在他的绘画中融入了东北地区的民间传说，开创了独特的境界。从这个少年的画中，我感受到的就是这样一种故事性，充满了温馨的诗情……关川俊，看到你的画，我由衷欣慰。"

报社将入选作品和评审们的评论出版成一本书，据说在县内的销量颇好。俊当然也买了那本书，当宝贝似的走到哪儿都带着。

报社察觉这次比赛深受好评，便将之定为报社活动，每年举办一次。几天前，纱江看到报纸头版登出了醒目的"报社公告"，好像就是对公众提醒此事。俊和松代他们显然也看到了。俊今年又报名了，其目标不消说是争夺第一。作为一名老师，纱江能理解俊想当画家的心情，但对此也不无担忧。

"妈妈，"纱江说道，"俊还是个小学生啊！以后还要上初中、高中、大学。我看了他这学期的成绩单，数学和理科都不太好。就算美术和语文排名第一，数学和理科不行照样上不了大学啊，我们得逼着他稍微学学那些了。妈妈，我知道您疼孙子，但总不能事事都顺着他的性子来吧，这样反而对他没好处呢！"

"你说的也是，但是学习的事平时不都归你管吗！那孩子在这方面出乎意料地听你的话。"

"那倒是，这次就让俊在这畅快地玩上两天。再者，妈妈您好不容易来一趟，就好好泡个澡吧。听说这里治神经痛的效果特别好……"

纱江和松代一起去大浴池的时候是下午五点多钟。这个时间泡澡的人最少，浴池里只有一个七十岁左右的白发苍苍的老太太。

志木温泉的水无色透明，温度约为三十七八度，入浴时给人以温暾之感，客人们能长时间泡在里面。所以它对神经痛和风湿病有特别的疗效吧！客人出浴后，浑身暖呼呼的，通体舒畅。

松代将全身都沉入水中，只露个头在外面，她舒展着腿脚，嘴里不禁感叹一声，舒服地打起哈欠来。

"果然是温泉啊！我就觉得骨头里沉积多年的疲劳一散而去。"

"要是能这样泡上一个月，您的神经痛差不多就痊愈了……可是我们只能在这儿住两个晚上，对不起啊，妈妈。"

"不要这么说，你特地打电话订温泉之旅给我当生日礼物，听到这个消息我就很满足了。现在泡在温泉里，别提有多幸福了。"

"明年我奢侈一把，订上一星期。正好妈妈是暑假里的生日，肯定没问题。"

纱江五岁那年父亲就过世了，所以纱江对父亲没什么印象。父亲去世后，母亲便独自一人拉扯着纱江姐妹三个生活。

祖父生前在农村开了个当铺，兼营贷款，一度攒下很多钱。然而，父亲不喜欢继承父业，穷其一生在银行做着一个平凡的小职员。不过父亲还是有头脑的，用祖父的遗产加上自己攒的钱，到去世时已经在附近的美岳市买下两栋公寓了。

所以，母亲在经济方面是没什么烦恼的，然而在她长期的寡居生活中，为了让女儿都接受大学教育，她一个人负责公寓的管理、招租、收租，这种艰苦的生活也不容易。纱江看到母亲明显衰老的身影，暗暗立誓以后一定要让她过得更好。

"但是，今天真是太安静了！"

纱江掬起一捧干净的水扑到脸上。隔壁好像是男性浴池，万籁俱寂，一点声音也听不到。

"听说这个温泉的客人很多，而且一向不少的啊。"

"不，"先来的那个老太太开口了，她一直将头靠在浴池边上，整个身体浸在水里，"昨天这里还挺热闹的，来了两个团，特别是群马县那个团有十四五个女人，她们精力充沛得很，听说旅馆里没有卡拉 OK，就直接在浴室里边唱起来了……"

"啊，一定很热闹吧！"

"她们说在浴室里唱歌有回声，有歌唱家登台唱歌的感觉，然后就一个接一个地唱起来了。"

"那就烦人了啊！"

"那是你这么想，隔壁男性浴池的人可不这么认为。他们从旅馆里借来铁脸盆，和着歌声锵锵地敲起来，差不多两点的时候，还能听到他们的声音。一首歌唱完，先锵锵地敲两下，然后再就喊'好的，你通过了，恭喜'，接着大家就开始鼓掌，情绪越来越高。我和老头子本来想在这舒舒服服地泡个澡，被他们吵得受不了。今天早上，两个团走了，我可是放心了，今夜我们又能舒舒服服地泡澡了。"老太太说。

"托你们的福，我才能在这儿泡这么久，我先走了，你们请自便。"老太太边说着边从浴池中站了起来，花白而臃肿的身体哆哆嗦嗦地往更衣室走去。

松代目送老太太离去，说道："不错啊！纱江，今天好像只有老夫妇这两位客人嘛！等晚上我们再来好好泡一下。哎呀，俊怎么办呢？他怎么还没回来，那孩子打小认生，如今只要周围没人在，他就一味地沉浸在自己的想法中，还挺乐在其中的。"

"那孩子对画画太着迷了。昨天告诉他要带他来志木温泉，他立刻去买了新的素描册，把铅笔和画具来来回回地往包里装，倒出来，又装，简直魔怔了。"

"比起常见的地方，俊一看到稍微不同的风景就想到处逛逛吧！"

"今年他依然打算拿出作品参加报社的比赛，虽然说是和大人的作品一起接受评审，但他说一定不会输的。这孩子太让人不可思议了，他有这么出色的才能，究竟是像谁呢……美登小时候也擅长画画吗？"

"这个啊，记得你姐姐小时候不太会画画，并且也不感兴趣，不过她的脑子倒是很聪明。"

美登是纱江的大姐，俊的母亲。她三十岁那年就因白血病去世了，那会儿俊才三岁，便由祖母松代来照顾。而刚上高中的纱江和二姐志保更是把这个小外甥当成宝贝一样，几年来一直细心地教育他。

"话说美登姐姐也不会弹钢琴吧？"

"是啊！那时你爸爸还在世，他说，这个时代的女孩不会弹钢琴可不行啊！就特地把小学老师请到家里来教，可是你姐姐很讨厌弹钢琴，每次老师要来的那天她不是头疼就是肚子疼，就是不能见老师。久而久之，你爸爸就放弃了，从此你姐姐也不碰钢琴了。"

"即便如此，姐姐还是考上了东大，在村里的小学和初中还引起了一阵骚动。校长亲自召开了全校大会，对学生们说：'我们村也有人考上东大了，这是我们学校的荣誉啊！'"

"是啊是啊，还说你姐姐是建校以来的第一个秀才呢！"

"但是她美术和音乐成绩就普普通通了。也就是说，在艺术方面，姐姐没什么特殊的才能。偏偏俊在绘画方面相当有天赋，看来这不是遗传姐姐的，估计是他爸爸——"纱江说到这里，突然闭了嘴。

这是不能提起的字眼。

俊的父亲是何方人氏呢？没有人知道。

至于关川家，在美登考上东大的第二年，父亲就去世了。但是家里的经济条件还不错，所以美登就心安理得地继续着大学的学业。

话虽如此，为了不给家里增加负担，美登从大二那年冬天做起了家庭教师。关于她执教的家庭，美登从来没细说过，母亲松代也是从她偶尔泄露的一两句话中听到的。

"我教的是一个学习院中级的女孩。听说她家以前是华族，父亲是个外交官。她们的宅子很漂亮，院子里有很多樱花树。"

虽然只有只言片语，母亲也能猜到一点。美登执教的家庭，恐怕是以前官宦人家的后代，可能是德川时代大名家延续下来的子孙。这样的大家族，美登是通过什么方法当上家庭教师的呢？是谁给她介绍的？难道是大学推荐的？

松代一肚子的疑问，但她只是默默地听着女儿讲述，不能随随便便就问，虽然是自家的孩子，也得有所顾忌。小时候还好，上高中以后，美登身上总有一种拒人于千里之外的感觉。

每当和美登说话的时候，她就会用聪明睿智的眼睛看着你，而你只能被盯着，怔怔地听她说。

纱江也有同感。

关川家虽然是三姐妹，但听说二姐和纱江之间好像还有个男孩，一出生便夭折了，所以小女儿纱江和大姐美登之间差了十四岁。比起姐妹之间的亲情，大姐美登更像光辉般地存在，让纱江有种可望而不可即的距离感。

美登东大一毕业就进入了外务省，说是读大学期间就考了国家公务员，她立志成为一名外交官，这些事都没有对家人讲过。

当然，像美登这样出色的人是不用担心找不到工作的，不过外务省是相当难进的国家机关，美登能顺利进入外务省，好像跟美登执教的那家的男主人有很大关系。

工作以后，美登每年只有正月的时候回来住三天。但是她不时地给纱江寄来一些东西，有国外的名牌刺绣围巾或手套、罕见的巧克力、让两姐妹眼前一亮的小提包等，从这些事情上可以看出姐姐在积极工作着，至于姐姐每天在做什么工作，纱江就一点也看不出来了。

对于这个家来说，美登离他们越来越远了。

"美登，会和什么样的人结婚呢？作为志保和纱江的姐夫，如果他是个非常了不起的大人物，和他交流起来都要战战兢兢的，这样的人我不会喜欢。可是，要是本地的小公司职员或是谁家二儿子这样身份的人，美登又不会甘愿吧！"

松代一边和女儿们拉着家常一边止不住地叹气。

美登刚大学毕业的那两三年有很多人上门提亲，松代没有告诉美登直接就拒绝了，她知道就算说了也白说。

关川家的女儿，眼光未免太高了点！

这样的流言当然也传到了松代耳朵里，但是她觉得这不是件坏事。成为新娘的母亲这样的念头，她早就断了。

（我这样的农民若去出席女儿的盛大婚礼，美登一定会觉得羞耻。我对政治和外交那些复杂事一窍不通，美登的丈夫会愿意叫我一声妈吗？）

松代那才貌双全的女儿反而成了她烦恼的源泉，她甚至希望女儿别结婚了。

正是这个美登，工作后第四年的某天突然回了家。一辆出租车停在家门口，她从车上下来指挥着司机将两个大波士顿旅行包搬到家里，笑吟吟地对松代说道："妈，我回家了，从今天起我就住家里了，给您添麻烦了！"

"从今天起住家里……那你的工作呢？"

"辞了，我打算好好在农村享受悠闲的生活，等我一安顿下来就在这边找个工作。我有心理准备，您不用为我担心。这么大了还要妈妈照顾，很不好意思，所以我会交伙食费的，十万也行二十万也可以……"

"说什么傻话呢！向女儿要伙食费是我能干出来的事？刚才是一着急才问的，你回家了，妈妈高兴还来不及呢。这样妈妈就放心多了，不过，那么好的工作说辞就辞了，总让我觉得难以相信……"

松代想不通女儿为何突然辞职，但是她知道美登不会给她详细解释。单纯看女儿回到农村这件事，让松代放心不少。

直到几天后——

松代发觉了女儿身体的异常，母亲的眼睛能敏锐察知孩子的身体状况。

（这孩子，不会是怀孕了吧！）

松代的心登时收紧，终于有一天，她憋不住问了出来："你……难道……有宝宝了？"

"是啊！本来想跟您说的，我肚子里有个小孩子了，之前去医院看过，预产期在明年五月底，所以就没着急告诉您，对不起。"

"怎么能这样啊，这么大的事！那……孩子的父亲是哪里人？叫什么？我们一定要在孩子出生之前把婚结了……"

"我们不结婚，这是约定。"

"别那么傻，出生的孩子怎么办？他要负起父亲的责任啊，他事先就该明白这一点吧！那个人做什么的？出身怎样？名字？住址？要是不知道这些，我们怎么做结婚准备呢？"

美登很利索地反驳了母亲连珠炮似的追问。

"妈妈不用这么担心，我也是各方考虑后才决定的。孩子的将来也有保障，我丝毫不担心。我不能说出那位的名字，至少现在不能。这和他的身份地位有很大关联。"

"连名字都不能说？和身份有关？这个年代又没什么高层大家族，他又不是皇室或宫廷家族……"

松代说到这里，美登将头偏向一边闭上了嘴。皇室或宫廷家族的人——松代话一出口也震惊了。原来如此，难怪会和身份有关联。难道……虽然不大可能，也有万分之一的概率吧。确实有宫廷家族的人在外交部工作。

但是，不管怎么问，美登就是不透露关于孩子爸爸的任何事情。

第二年五月，美登生了个男孩。孩子的名字好像是之前就取好的，叫俊。出生报告也是美登去的，她一点也不后悔当了未婚妈妈，反而很坚定。松代悬着的一颗心稍微放下了一点。

俊出生半年以后，美登每个月都去东京一次，在那住一晚上第二天回来。松代知道她是去和俊的爸爸约会了，两人之间的关系依然继续着。

美登从来不带俊去，所以每当这天来了，松代和纱江就很开心。对于松代来说最幸福的莫过于孩子他妈不在身边，让她可以抱着外孙睡觉。而纱江和志保可以抱着可爱的小外甥走来走去，更是开心得不行。

俊是个省心的小孩，自出生起从没给家人带来困扰。不像别的孩子爱黏着妈妈，夜里也从来不哭。

不管家里谁抱他，他都是咯咯地笑，很温顺地让人抱来抱去。

这样的笑，让人想打心眼里疼爱他。

俊两岁的那个春天，美登对家人说："我决定从四月份开始，在美岳市新设立的信浓女子大学工作了，在那儿上班的话，可以回来住。"松代又吃了一惊。

由于长野新干线的建设，美岳市近年来发展迅速，两三年前就有报纸不时提到，会在这里设立一个新大学。

"你要去做大学老师吗？"

"是，但是一开始不是教授，好像是准教授。"

"什么时候决定的？你在那里有认识的人吗？"

"这个……因为有人很关心我，对我的事情很上心，他说你去那里工作怎么样？就给我介绍了这份工作。然后我就想去试试看吧！抱着这样的心态就去了……"

有人——难道是俊的爸爸？松代一瞬间产生这样的想法，不过立刻被美登察觉。她马上转移话题。

"从这里开车到美岳市三十分钟就到了，所以我打算买辆车。在东京的时候我就拿到驾照了，但是我一直用着单位的车，这次的单位不配车啦。等车送来了，我带大家去兜风哦。"

几天后，来了辆闪着金属光泽的白车，另有几个木匠来家附近的空地建车库。松代见美登直接现金付账，又是一惊。

（这孩子，哪来这么多钱啊！）

美登在信浓女子大学工作的第二个年头，纱江的二姐志保的婚事定了下来，嫁到了长野市。

因为夫家和关川家有亲戚关系，婚事很容易就定了下来。在结婚典礼上，美登穿的礼服豪华至极，美得让人瞠目结舌。

（这件礼服是美登为自己的婚礼准备的吧！）

在松代看来，带着个没有爸爸的孩子，坚强活着的美登其实很悲哀。但是，这话又不能说出来。

如今，一个女儿顺利嫁出去了，大外孙俊也慢慢长大了，自己要是能一直这样幸福就好了。希望关川家能一直这样过下去……这是松代心里的愿望。

但是——

美登的身体不舒服了，她去美岳市市立医院去检查的那天起，松代一直企盼的安定生活迅速崩塌了。

美登被诊断出了急性白血病。

目前这种病很难完全治愈，通过大量输血或者骨髓配型或许能延长寿命。但是，五个月后松代从医生嘴里听到了令人绝望的消息。

"病人顶多还有一个星期的寿命了，如果病人还想见谁的话，就赶紧联络吧！"

连松代都看出美登的病情恶化了，但是，听医生这样明确地说出来，松代脸上顿时失去了血色。

真到了那一刻怎么办才好？松江想找个人商量一下。现在，身边的家人就只有小女儿纱江和外孙俊了，纱江虽然是个高中生，也只有十六岁而已。不过美登住院以来，纱江每次从学校回来，就会先来趟医院看看姐姐再回家。她这样想着姐姐，就先和她商量商量吧！

虽然姐姐终日卧床，但每次自己从学校回来到病房看她时，她都是一副笑吟吟的样子。学校里有什么不懂的东西问她，她总能立刻亲切地讲解。作为村中学创校以来的第一个秀才，姐姐的头脑自始至终没有衰退的迹象。

就是这样的姐姐……死期将近了？她没有活着的可能了？美登姐要死了！真会有这种事吗？

"不！不会的！妈妈……"

纱江抓着母亲的手哭起来。每次她们来医院的时候，俊都被放在邻居家大婶那里代为照看。纱江从学校回来再到医院时都是傍晚了，松代就一直在接待室的角落里等着她。说着这个消息的松代也是泪流满面。

"医生说，你姐姐还有什么想见的人，我们就早点联络。美登走之前，要是还有什么想见的人的话，恐怕就只有俊的爸爸了。但是，我们完全不知道他的联络方式，不管我怎么问，美登就是不说……要不你去试着问问看吧！"

"嗯，我去试试。姐姐都病危了，他要是连探病都不来的话就太过分了。这次的情况和以前都不一样，我想姐姐她会告诉我的，不管她怎么骂我，我一定会问出来……"

不过，任凭纱江使出浑身解数，就是无法从姐姐嘴里问出那个人的名字。

美登苍白的脸上浮现出温和的笑容。

"没事，纱江不用这么担心哦！"

"可是，姐姐病了的消息，我们通知他也是应该的啊！"

"这个啊，在我决定住院的时候，就写信告诉他了……"

"不是，那个人，他知道姐姐病了？他知道还不来探病？太过分了。他不想见我们没什么，可是，就连姐姐和俊他也不看吗？"

"没事，一开始我们就约定了。其实，那个人不管在哪儿，都关注着我和俊，他不是你想的那种人。"

说完，美登从枕头旁边的手提包里拿出一把小钥匙和印章，递给纱江。

"这个是我房间小保险柜的钥匙。等我不在了，就打开它，里面有两张定期存折，还有一张活期存折，这个是你和俊的学费。我希望你们都能上大学，尤其是你，读完大学尽量在家乡附近工作。照顾妈妈和俊的重担就落在你身上了……"

"姐姐，不要，不要说这么悲伤的话……"

"对不起。但是，姐姐的病是没有痊愈的希望了。其实，我想看着你做美丽的新娘，能活到那时我就满足了。但是……不行了……"

姐姐那刚毅的脸上，突然滑下了一滴泪珠。纱江也止不住地呜咽出声，她抱着瘦削的姐姐哭起来。姐姐的手轻柔地抚摸着她的头发，纱江更悲伤了。

她号啕大哭。

十天以后，美登去世了，年仅三十，俊只有三岁。

葬礼结束，大家渐渐从悲伤中缓过来。纱江和妈妈一起将手提保险箱打开。正如姐姐所说，里面有两张定期的存折。

一张是邮局发行的面额为一千万。另外一张是东京 M 银行发行的，在美岳市有支行，面额为一千五百万，两张支票上面都写着利率。看到这么大笔的钱，纱江和松代都吃了一惊。

这么多的钱，美登是什么时候赚的呢？支票上的日期是美登辞职返乡的前几天。也就是说，一天之内，这个账户一下子存了这么多钱。两个人不由得面面相觑。

（美登，难道是以不结婚为条件，从那个男的那里得到这笔钱的吗？这里边难道包含了孩子的抚养费吗？）

纱江和松代不约而同地在对方眼神里读到了这样的想法。

"姐姐提到那个人会保障俊的将来，但没说他的名字和职业。那可能是大家都认识的名人，但是有不能结婚的理由。而姐姐在知道这个的前提下，选择和他交往……"

"别说了，纱江，"松代语气严厉地打断了纱江，"那种男人，忘了他吧！从今天开始，纱江你和妈妈一起，将俊培养成优秀的人物，这对美登来说才是最大的安慰。"

纱江咬着嘴唇，点了点头——

从那天开始，她们就再也没提起俊的父亲。

但是，现在，纱江突然说到俊的绘画才能可能遗传自他爸爸，提起了这个禁忌词。

为了掩饰刚才说的话，纱江赶紧转移话题，

"妈妈，好久没有好好搓背了吧？来吧，转过身去。"

"是啊，来吧，给我好好搓搓吧！"

松代笑着从浴槽里站起，慢悠悠地走向更宽阔的浴场。

惠风庄旅馆的老板是纱江同事的爸爸，一直到去年，纱江还和那个女同事在一起工作。老板说："我女儿之前打电话来了，你们请稍后。"就因为这个电话，身为专业厨师的老板亲自为他们下厨，准备了当地特产鲤鱼汤。

送餐过来的女服务员还说："听说你们家的小孩子最喜欢吃肉。"所以，他们用这边饲养的黑野猪肉制成厚厚的炸猪排，和上切碎的洋白菜一起放到大盘子里，倒上醋和辣椒调味做成拌菜和腌菜，然后分到一排精美的小盘子里络绎不绝地端进来，吃得三人赞不绝口。

"好好吃啊！"俊大赞特赞。

俊小时候就这样，一兴奋或者看到陌生人时，说起话来就有点轻微结巴。在松代和纱江面前完全没问题，来到这个温泉后，这个习惯又开始了。

很显然，他是太兴奋了。当他极度开心，想要用语言急切地表达心情的时候，这种结巴的症状就出现了。现在，他正是这种心情吧！

"这个温泉太好了，简直是最好的，而且这附近有好多写生的地方啊！在大浴池里游泳，画喜欢的东西，然后受到款待吃到这么多美食，太棒了。就好像盂兰盆、盆、盆会和春节一起到了似的。"

纱江被逗乐了。

"俊，你还知道这样有趣的俗语呢！跟谁学的啊？"

"小说里看的，当快乐的事情一起来的时候就可以这样说。"

"哦，那么你想写生的地方，在这附近吗？"

"嗯，从旅馆出去左拐，放眼望去，一片绿油油的稻田。中间有一条宽阔的路，是整修过的那种平坦的大路，我在那条路上晃荡的时候，发现那条路分成了两条，一条细细的路通进山里，路口立着个牌子写着：石、石、石佛之路。牌子旁边，有个大土地神立在那里好像给人指路似的。因为看起来很有趣，我就沿着那条细坡路爬了上去。"

从俊的话中，纱江对周围一带的风景有了大致了解。

稻田中间那条大路是最近才开辟出来的农道。

近年来的农业都采用机械化生产，农产品都用车来运输。所以，村村镇镇都修了平坦宽阔的农道。

虽然说是农道，其实不仅是农民在用，平常的车也从那里经过。之所以叫农道，不过是打着农道的名义，从国家那里得到一些补助金和补贴罢了。所以，这些偏僻的村镇才能修得起这样宽阔平坦的大马路。

俊就是在农道中间看到写着"石佛之路"的立牌，然后顺着那个小斜坡爬上去的吧！

那条小路似是通往邻村的老路，以前十户二十户人家相聚即成一村，连接散布山间的村落的就是这种小路。

这条小路命名为"石佛之路",将这一带称为石佛的宝库,是因为附近有很多守路神和土地神。

纱江之前就读的大学有位老师是专门研究石佛的,纱江在课上听他说了很多次。

"学校西边约八公里的地方有个志木村,是好几个村落合并而成的村子,那里有很多的石佛。有为数不多的大石上刻着'守路神',更多的是当时的石匠们匠心独具,雕刻了很多神体佛像,至少有一千座吧,有机会的话你们一定去那儿看看。

"所谓守路神,就是为了守护过路人的安全而建的,换句话说,它是守护旅行者的神,也可以看作崖顶和拐弯处等危险地段的路标。

"石像还有这样一个功能,它的背面刻着到某某村有三里五里这样的文字。

"疲累的旅人们,停在守路神面前,擦擦汗,休息片刻,看看离目的地还有多远。看到这样的文字就会备受鼓舞,继续未完的路途。

"虽然年代久远,我们仍能从这些东西上领略到古人的周到心思。"

历史老师总在课上讲这些事,久而久之,学生便对石佛有了一定的了解。

首先,找一块形状有趣的大石;然后,在上面雕刻神像佛像。放在村口、路的分岔口和悬崖上,能阻挡恶鬼和怪病进村,有镇宅安村之效,所以守路神也有"关卡神"的意思。

后来，有人为求男女百年好合和美好姻缘便雕刻了同体神，还有人为求丰年便雕刻了丰收神，所以，有很多石像背后刻着许愿者的名字。

这样的石佛也有一千多座。近年来，为了将这里打造成名胜古迹，村子很注重这方面的对外宣传。

在这么多的石佛里，俊看到的是哪尊呢？

“你在坡道上看到的那个地藏，长什么样呢？”

“那个啊……我刚走上那个坡道的时候，突然听到叽、叽的声音，吓了我一大跳，还好我赶紧蹲下，躲、躲、躲了过去。”

“为什么会有叽、叽声啊？”

“是乌鸦。三四只突然一起飞了起来，坡路右边有块平整的土地，就像个广场似的，它们好像就在那里。广场的大小和这个房间差不多，地藏像就立在广场上，那里还有辆红色的儿童脚踏车，车把手的部分都折断不在了，然而，那不是辆被丢弃的车子，它是作为献给地藏的供品摆在那儿的——”

由于太过兴奋，俊结结巴巴地描述着他看到的景象。

根据他的描述，地藏像的背后有片竹林，其中只有一株百日红，上面开着红艳艳的花。

地藏像的前面有一个大木桩，上面放着个小空盆，人们供奉给地藏的食物就放在那个空盆里，那些乌鸦就是冲着这些食物来的吧！

“然后我就进了那个广场，慢慢走到地藏身边。突然，地藏看到了我，它笑了。我心里惊叫一声，心、心脏就开始怦怦跳，一下子动、动不了了。”

"胡说，石头做的地藏怎么会笑呢？"

"我没胡说，是真的！它真笑了。"

"那是你个人的感觉吧！它的笑是之前就雕上去的。"

"才不是，它就是对我笑的。细细的眼睛盯着我背包里的东西，那样子好像在说，它一直在等这样一个人的到来，希望我能逼真地画下它和广场上的东西。"

"好奇怪的地藏啊！"

"哼，姐姐一点也不相信我的话吧！"

按理说，俊应该叫纱江是小姨才对，不过，俊出生的时候纱江还是个初中生，如果让俊称自己为小姨，总觉得有点疏远了，干脆就让他叫姐姐了。

"不过，你不信也没关系。我就打算画那儿了，这幅画的名字我都想好了。"

"哦？什么名字？"

"悲伤的风景。"

"悲伤？为什么会悲伤呢？地藏不是对你笑了吗？"

"我也说不出来。那个……那辆坏了的红色脚踏车不是丢在地藏前面的，而是孩子的妈妈认真摆在那儿的，她的孩子一定整天骑着这个车四处转悠……"

"那孩子妈妈为什么要这么做呢？"

"因为孩子死了，那个广场就是孩子以前爱玩的地方。孩子得到一辆新脚踏车后，高兴地每天围着地藏骑，孩子的妈妈就在旁边一脸喜悦地看着孩子的身影。姐姐，你想象一下，这是多么快乐的场景……"

"……"

"可是，孩子渐渐不满足于每天在同样的地方转圈了，他希望能在更宽的路上尽情骑。终于有一天，他不顾妈妈反对，执意穿过广场旁边的那条小坡路，骑到了广阔的农道上。就在那时，出事了……"

俊仿佛在现场一样，渐渐地，他的描述将纱江也带入当时的情景中。

"当时路上有辆汽车跑得飞快，突然有辆脚踏车冲了过来，把司机吓了一跳，可是来不及了，所有的东西都飞了出去，红色的脚踏车、孩子，就连落叶都被卷起来在空中飞啊飞，然后慢慢落到了路边的稻田里——"

"真是个可怕的故事。那肇事司机呢？"

"谁知道啊，事情过去了那么久。但是，听说孩子才两三岁，他妈妈简直不敢相信，孩子突然就离世了，都说死去的人会去另一个世界，但是，另一个世界是什么样子的呢？这孩子孤零零一个人，他会害怕吗？他会不会哭？所以，孩子的妈妈就寄希望于地藏，希望他能保佑另一个世界里的孩子——"

"……"

"孩子的妈妈每天在家做了食物，供奉给地藏，虽然招来很多乌鸦，她还是相信地藏能吃到她做的饭。她会在小盘里放些什么款待地藏呢？"

盯着侃侃而谈的俊，纱江有一刹那觉得看见了一个外国人。

俊不过是个小学六年级学生，十二岁而已。可是，这些日子以来，他身上依稀有了成年人的影子。

这孩子根据空地上的一尊地藏、一辆倒在地上的脚踏车、木桩上的一个小盘子就能即兴创作出这样一个故事，并且给故事取了一个名字——悲伤的风景，以此作为绘画题材，怎么看都不像一个小学生能想出来的。

　　去年，俊在报社主办的绘画比赛中得奖的时候，有位评审员狠狠地表扬了他——从他的画中能看出"温暖的诗情画意"。"他将东北地区的民间故事生动地运用到绘画中，这正是大师谷内六郎追求的境界。"

　　俊的眼睛能从平常的风景中看出故事性。这种超越年龄的资质，这种绘画天才是从何而来的呢？关川家是没有这种基因的，美登也没有这种异秉，这恐怕就是爸爸的遗传吧！

　　俊的父亲。姐姐到最后也没有明确说出他的名字，那个人现在在哪呢——

　　"姐姐"俊叫了一声，打破了纱江的沉思。

　　"我好困啊！被褥放在哪儿啊？"

　　"哦，旅馆的人说放在壁橱里了，过一会儿就铺，我们先去泡个澡吧！"

　　"不要，我怕泡澡的时候就睡过去了。"

　　"这样啊，那我马上铺床吧！"

　　纱江从柜子里拿出被褥刚铺好，俊就滚了上来，在上面滚来滚去，这会儿看来，他还真是个小孩子。

　　"纱江，"妈妈低唤道，"我们赶紧去泡个澡回来睡吧！"

第二天早晨。

比起家里，旅馆的早餐特别热闹，种类丰富，这让俊惊喜不已，但是——

"每次只能盛一点，简直就是一口一碗。"

"俊，不可以哦。"松代制止道，"如果不细嚼慢咽，对身体不好。"

"姥姥，你才需要细嚼慢咽呢！你看你的嘴一直动啊动，但也没怎么嚼啊，我的牙齿还很健康，一口一碗没问题。"

没有意义的争论，但这就是家常话啊！纱江听着他们聊，心情很愉悦。

因为是暑假，可以过得自由随意些。吃完早饭，服务员还没收拾完饭碗，俊就把写生用具整齐地摆到帆布包里。这个包是松代以前的一个手提包，现在改成双肩包了，纱江用拼接的布做了个很漂亮的包盖儿，这个包是俊很宝贵的东西。

这个包放一套写生用具进去，大小刚刚好。但是，俊把早晨在小卖部买的两个果酱面包和一罐果汁也放了进去。

"小俊，中午之前回来哦！这样吧，姐姐把手表借你戴，十一点半你就回来，这个旅馆中午会做好吃的荞麦面哦。"

"我不能回来吃午饭了，到石佛之路的话，一上午还不够往返一趟的。我在小卖部买了面包和果汁，我会在傍晚回来。"俊说着把包里的东西给纱江和姥姥看了一眼，就出了房间。

"我走啦！晚饭，你们要好好给我准备哦！"

"真拿这孩子没办法。"

松代嘴上这么说，眼里却闪烁着喜悦的光芒。生下来就没有爸爸，幼年的时候妈妈早逝，俊没有向不幸的命运低头，反而乐观向上地成长着。对于松代来说，这是最值得开心的事了。

"天热起来了。"

松代靠着廊子，看着天空，感慨了一句。

碧空万里，艳阳高照。刺眼的阳光照在树上，树叶都蔫了，耷拉在一起一动不动。空气仿佛停滞了，一丝风也没有。

"下场雨吧！来场骤雨驱驱暑多好啊……"

松代从廊子下面抬头看了看天。以前，即使是三伏天，到了夜里气温也会降下去，睡起来挺舒服的。不过今年不同，太阳像火舌一样，毒辣地舔烧着大地，不管几点都跟大中午似的。

"俊戴草帽了没？"

松代担心地问，这么强的日照，要是没有帽子……

"没问题的，之前来的时候，那孩子就把那顶大草帽搬上车的。"

"这样啊，这样我就放心了……"

松代点点头，仿佛在自言自语。

"俊，他会讲一些奇怪的事情。"

"为什么这么说？"

"地藏朝着他笑……他没给你讲吗？"

"哦，这个啊，可能他就是看到了吧！"

"地藏本来就是很温和慈祥的样子啊！它是佛嘛！"

"嗯，是这样的。"

"妈妈，您以前在寺院听说过的，那个地藏菩萨救苦救难，它是给悲苦、迷途之人指路的佛。这样的佛对俊笑了……不是啊，我是觉得，要是写生的话，风景好的地方还有很多啊！"

人，有时候是有预感的。

纱江想到俊，再联想到妈妈以前说过的话，浑身上下顿感一阵凉意。

第二章

美岳市警局的刑事课位于二楼，整个大楼的东南角，阳光充足，视野开阔。

课长土田警官的桌子正对着南边的窗户，他一抬头，正对面的浅见山、附近连绵起伏的小浅见、黑斑山等尽收眼底。

这样的景色，土田可说司空见惯，但从无厌烦之感。随着季节的更替，大山也不时换着装束，单说一天之内，山体就有几种不同的表情。

碧空如洗，远山静谧，山体绵延的线条中间，突然，一股烟柱冲天而上，几百米高——浅见山是座活火山。

一般情况下，火山灰会随着西北风刮到群马县，但有时风向变了，火山灰也会飘到美岳市上空，落到附近的菜地里，那里的农民欲哭无泪。

火山常在夜间喷发。彼时，夜空赤红，熔岩飞散，流星般落到附近的山顶或山腰上；而当地气象厅则发布火山警报，禁止登山。附近的警局和消防局也会立即准备好随时出队。

浅见山基本每月喷发一次，所以山顶是禁止攀登的地方。

土田一坐下，就习惯性地抬头看看前方的浅见山，他不是在眺望风景，而是观察山的样子。

这时的天气就像小孩的脸——说变就变，上午还是一片晴空，下午就黑云压城了，根本看不出山体的样子。雷声滚滚，越来越近，房间迅速暗了下来。

"要下雨了。"土田自言自语，起身踱到窗旁。午后燥热，房间开了空调，所以窗户都关得紧紧的。这时，豆大的雨点噼里啪啦地砸到玻璃上，一道闪电从土田的眼睛里划过。

"哟，真下了。"刑警部长山越来到土田旁边。

"是啊，及时雨。好久没下暴雨了，农民该开心了。"土田刚说完，又是一阵雷声轰鸣。

山越打开窗，身体探出去，四下看了看。"哎？小绪市那儿没乌云，看来这场雨不够大啊！"边说边关了窗户。

"没听说'骤雨分山脊'吗？山这边的村子下滂沱大雨，隔着个山丘，那边的村子却下着淅沥小雨，这种事挺常见的。"土田说着回到座位，坐下的一瞬间，一道刺眼的闪电划过房间，紧接着一声炸雷震动了他的耳膜。

"哎呀！"警局最年轻的刑警津村捂耳趴到桌上。他是个单口相声通，模仿第六代三游亭圆生尤其惟妙惟肖，一到聚会便会说上一段助兴。"话说古时有这样一则花柳故事……"所以在局里很受欢迎，大家都叫他大师或者津村亭。

"哎哟，大师。"山越刑警部长笑道，"你好像很怕雷啊！我们一点都不怕。"

伏在桌子上的津村抬起头来，脸上浮起一丝害羞的笑："我特别害怕打雷。小时候妈妈总说，你看，这是雷神在发怒呢，你可不要哭鼻子哦……总之，现在，我依旧害怕电闪雷鸣，不过，刚才，长官面不改色地把雷神称作雷，我一听到，脑海里立刻反应到，你要是不尊他为雷神，他会生气的……虽说是意气用事的话……"

在场者听到这里，哄堂大笑。这时，警局的电话响了。桌子上并排放着两部电话，右边的那部的指示灯闪烁着，这是外线打进来的110报警电话。

土田拿起电话："这里是110。"

"喂，是警局吗？哦，是警察。"一个年轻男人急促的声音。

"是，这里是警察局，发生什么事了？不要紧张，请慢慢说。"刑警们快速准备好了纸笔，就等土田复述，他们做笔记了。一经判断为紧急事件，他们会立即准备应急方案。

"那个……死了。不，刚才还活着，但现在好像死了。"

"死了？谁？"

"一个小孩。"

"小孩……在哪儿？"

"志木温泉附近，这里有个路牌写着：石佛之路。附近的稻田里有个储物房……也就是说，小孩在稻田堤坝上……"

"明白了，志木温泉附近，石佛之路入口处。"

"对，就是那里，你们赶紧过来吧，一定要带着医生啊，说不定还有得救……不过，小孩好像都咽气了……"

"我们会叫救护车一起去的。孩子受伤了吗？"

"刚才说过稻田堤坝上有个储物房，房子的角落里有个箱子，他的头磕在箱子角上了，血流不止。他是被车撞飞的，司机逃逸了。"

"孩子的头流血不止，司机逃逸，你目击现场了吗？车是什么样子的？"

"我没看清。没来得及看，他就跑了，调查是你们的事啊！你们快过来吧！"

就在土田一问一答中，一直做笔记的山越刑警掷笔奔出房间。看来有必要联络交通系和司法鉴定系，还要叫救护车。

土田仿佛怕对方挂电话，连着说了几声"喂，喂"，"你是志木村的村民吗？"

"不，我是路人。"

"哦，我们根据您提供的信息，出动救护车和警车了。非常感谢您的通知，不知您能否留下姓名？"

"我姓南原。"

"哦，南原先生。"

"嗯，东西南北的南，原野的原。"

"明白了，我们的车马上就到了，非常抱歉，您可以在现场等着我们吗？"

"啊？但是我也不知道该怎么做，就算待在这里，也帮不上什么忙啊！"男人这样说道，突然，又转变了想法，"行，我等着你们，我还有话想说，是关于逃逸司机的……"

"是吗，行，那就拜托你了。"

土田刚挂电话，山越就迫不及待地说："都安排好了，我们赶紧走吧！"

"行，我也一起去。津村，你留在这里，雷神恐怕还要发怒，你也不愿意出去吧！"

土田一行到现场时，路早就被封了，中间竖着个大牌子——禁止通行。司法鉴定系和交通系的工作人员正在现场忙着取证、拍照。

以前，这一带属于志木村，但是，几年前划归美岳市了。因此，本来属于御牧警局管辖的地盘，现在划归为美岳警局了。

土田下了车，路上坑坑洼洼的，不过雨已经停了。这场阵雨不是很大，也就把两边的水田刚打湿，但是，经雨水拍打过的水稻，仿佛重新焕发了生机，随风摇曳着。

"辛苦了。"司法鉴定系的系长赶紧走了过来。

"被害者怎么样了？"

"不行了，我们赶到时都死了。要是早点报警，或许还有得救。头部大出血实在太厉害了。"

"据说被害者是个孩子。"

"嗯，可能是个小学生，叫关川俊。"系长仿佛催着土田似的，边走边做着说明，"孩子好像是来这一带写生的。他背包里有个素描册，封皮上写着关川俊，但是，没写校名和年级……就是这里。"

系长指的是个低矮的小屋，坐落在水田堤坝上，圆木打入地底做地基，上面搭着横木，最上面搭上一个白铁皮做房盖，用来防雨挡雪。

附近的农家一般在里面放些农用品，脱完粒的水稻秸秆、往水田撒的肥料、绳子、草席、割草机等等，这样的小屋，在偌大的水田里星罗棋布。

水田堤坝和路平行，堤坝斜坡上的小屋前，裹着毛毯的尸体安静地躺着。

土田弯下腰，轻轻翻开毛毯。

一个少年的面孔出现在眼前，从额头起，整个头部都缠着白色的绷带，流到脸上的血迹已经被擦干净了。眼睛紧闭着，面容清纯，表情可爱。他仿佛一无所知，死亡，在一刹那就降临到他身上。

土田看着尸体的眼睛里掠过一丝讶异。周围的堤坝、小屋的屋顶都淋了雨，可是，少年的白衬衫和深蓝色短裤，基本没有被淋湿的迹象。

土田转向旁边的司法鉴定："虽然，我也觉得少年被车撞飞了，落到小屋这里，但是，他基本没被淋湿，倒像是为了避雨，特意来到屋檐下，然后进了小屋的样子。"

"不是，是这样的，"司法鉴定系的工作人员说，"最早发现被害者的是，拨打110的叫南原的人。

"据那人所说，这个孩子低下头的时候，正好倒在小屋前面。南原先生走近的时候，孩子还活着，在那儿哼哼着呻吟。

"一看他，左侧额头的部分破了，直往外喷血。"

"哦。"

"我认为肇事车辆是从少年的后面冲过来的，撞到他腰上了。所以，少年的身体是前倾的，以俯冲的状态被撞飞，落到小屋那儿，撞到了箱子角上……

"如您所见，那是个结实的木箱，里面放着三包牛粪粉肥料。即使被孩子的身体一撞，也丝毫没动弹，孩子的头会撞破，可能就是这个原因。"

"我明白了。"

"据南原先生说，看到孩子的头往外喷血，吓了一跳，就想办法赶紧止血。想到自己的开襟衬衣里边还有件无袖运动衫，就脱了下来。

"他用运动衫包住孩子的头，那个时候，雨点啪嗒啪嗒地落了下来。"

"哦。"

"他不想让孩子被雨淋湿，就把孩子的身体移到了屋檐下，而他为了避雨也进了屋子。这就是那件运动衫。"

司法鉴定人员指了指秸秆堆上面那团衣服。衣服完全被血浸红。

土田把目光转向尸体，问道："然后呢？"

"和一般交通事故不同，孩子不是死于脑损伤和颅内出血，致命伤在额头。我们暂且是这样认为的，具体情况得等解剖后才能下定论。其实，要是出事后采取了恰当的救护措施，孩子大概不会死。"

"你是说报警延误？是啊，当时为什么没先叫救护车呢？"

"没有公用电话，这附近没有人住，也借不到电话……"

"他没带手机吗？"

"据南原先生说放家里了，用万能充电器充电呢，他稀里糊涂就出了门……"

"哦，这种情况也有可能……"

"此外，南原先生还说，像往常一样，很久没有一辆车路过这里，也没有路人。本来就是农道，过往的车不多。不过，过了一阵子，终于从县路那边过来一辆车，他赶紧冲到路上拦了下来，驾驶员是个年轻的女性，说明情况后，便把手机借给了他，他立刻拨打了110。从发现被害者到打电话，差不多过了十四五分钟，他觉得孩子恐怕活不成了，所以先通知了警察。

不管怎么说，南原先生好像竭尽全力了，这种情况下，也只能这样做了。"

"那倒是，请代表警局这边对他表示感谢。我之前拜托他留在这里，他还在吗？"

"嗯，在那边。"司法鉴定指道，"站在'石佛之路'立牌旁边，穿白衬衫的那个，他就是南原先生。"

"看到了，对了，孩子的身份查明了吗？"

"一开始只能根据素描册，判断孩子叫关川俊。后来，在死者裤子的口袋里发现一张收据，是志木温泉惠风庄的，死者曾在那里的小卖部买过两个面包。

我们赶紧问了旅馆，旅馆说，昨晚他们一家三口的确是在那儿住的，就住在驹田村。"

"一家三口？另外两个是他父母吗？"

"不是，是外祖母和小姨。"

"联络她们了吗？"

"嗯，不过，雨停之后，那两位出去散步了。旅馆的主人说马上去找她们，找到后送过来，我就做主，让他们直接去美岳警局了。"

"嗯，那样也好。"

这种场合，把家属叫过来都是为了确认尸体。但是，比起鲜血四溅的悲惨现场，还是让他们去警局的安置间比较好，这样对家属的心理冲击能小一点。

"那就赶紧把尸体运回去吧！我去和南原先生交涉一下。"

石佛之路旁边的男人，盯着现场忙于取证的工作人员，一脸稀奇的表情。

"南原先生吗？"土田走了过来。

"是的。"男人将烟扔到地上，踩了几下。男人长相周正，个子也高，三十出头的样子。

"我在美岳市警局工作。"土田边说着边递上名片。

"哦，是警官啊！我是……"说着从衬衫口袋里拿出一个名片夹，取出名片递给土田，"南原谦也。"

职位处写着：参议院议员——阵场利十郎的秘书；住址是上田市阵场利十郎事务所。

阵场是县里推选的参议院议员，属于民主党，连任三届，并担任农水省副大臣，出生于上田市，所以在那里设立了律师事务所，负责策划日常的政治活动、选举策略。

理所当然，在事务所里会设立几位秘书，恐怕，这个南原先生就是其中一位。

"是阵场先生的秘书啊！您来这儿，原来是为阵场先生办事……"

"不是，今天是周日，如今事务所也实行周休两天制，所以，我就来这边拍些照片，好久没拍了。"边说着边用手摸了摸脖子上的相机。

"哦，拍照是您的业余爱好吗？"

"是啊，我一大早就出门了，与美岳市合并之后，这里就成了美岳市志木厅，我坐了火车转了汽车，才到村口，然后一路拍着照片走了过来。"

"明白了，这就叫散步拍照吧！"

"这一带被称为石佛的宝库，大量的石像此起彼伏，比如地藏啦、岔道神啦，甚至有些人家门口都有，总数超过一千。"

"是啊！"

"我上学时就特别喜欢这样的石佛。就单说地藏吧，形态千奇百怪。比如说，男女联体的双体神，男神将手放到女神的胸部，古人把这种姿态作为男女和睦的象征。新婚妻子为了祈求夫妻生活的圆满，便会双手合十，拜双体神……"

"哦。"

"总之，不管是什么石佛，都是古时之物，它们历经风吹雨打，给人一种岁月的沉重感，不过，我也说不出来具体是什么感觉。"

土田点了点头，南原的解释很有说服力。

"现在，"南原仿佛很开心，继续着话题，"我都拍了几百张石佛的照片了，我把它们全收在相册里，时不时拿出来观赏一下。咳，这就是我的业余爱好了。我们后援会里有从事出版业的干部，他对我说：'你看你有那么多照片，怎么不出版一本书呢……'"

"我明白了。所以，你今天走到这附近，是在寻找稀奇古怪的石佛吧？然后，你就目睹了出事的那一刻。"

"不，我也没目睹，那会儿我——"他爬上了石佛之路的立牌旁，指着坡路说道："我走在这条路上，发现右手边有一块狭窄的空地，那儿立着一尊地藏，然后我就开始拍照了。实际上，我以前也拍过面目和蔼的石佛，但是，看到这尊，我还是抑制不住，想把它收录在相册里。就在那时，从下面的路上传来很尖锐的声音，吱——"

"那是——突然踩刹车的声音吗？"

"嗯，这一带过路的车少，所以很安静。突然出这么大动静，吓了我一跳。然后，有个男人说：'喂，怎么回事？挺住！'我第一感觉就是发生了车祸，然后，赶紧调好焦距，拍了一张就顺着这条路匆匆下来了。"南原说着指了指狭窄的坡道。

"有车停在那里吗？"

"没有，车不见了。在我看来，司机一定是下了车，跑到小孩的旁边，喊了声：坚强点！后来看了看现场，突然害怕了，就赶紧上车逃走了。"

土田想，或许是这样的吧！

但是——肇事车辆突然踩刹车，司机下车，跑到孩子身边，喊了声：坚强点！就这些行为，总共得花三四十秒吧！

司机看着孩子的脸。孩子的脸早就被喷出的血给染红了。他一定会死的，我要救他吗？要叫救护车吗？恐惧攫住司机。

如果孩子死了，就不仅仅是赔钱的事了。逮捕，审判，监狱……他脑海里充满了不祥的想法。

环顾了四周，还好，没人看到。快逃吧！这是他的第一选择，快速把车倒回去，颤抖的手紧握住方向盘，这些行为，也要花掉二十到三十秒。

也就是说，从事故发生，肇事者跑到孩子身边，喊一声，到上车逃跑，至少要用一分钟。

那个时候，南原拍了一张照片后，立刻顺着旁边的坡道跑了下来，他看到的首先是水田，水稻刚抽穗，应该不会遮挡他的视线。

但是，他说完全没有看到车，肇事车辆逃过他的眼睛，能如此干净利落吗？

"你——"土田问道，"你说现场没有肇事车，它逃走的时候，你一点也没看见，这是深思熟虑后的说法吗？"

南原沉默了，过了一会儿，他抬起头，目不转睛地盯着土田，开口道："是啊，好像是那么回事。啊，对了，警官，我好像看到了肇事车的车顶……"

"哦？为什么只看到了车顶部分……"

"这个……我意识到发生事故的那一刹那，赶紧拍了张照片，就顺着坡道跑下来了。那时，我的视线是在地面上的。也就是说——"

"你在寻找被害者？"

"是的，我一下子就看到倒在地上的孩子，赶紧往那边跑，就在那个时候，我意识到应该抬头看看，发现——"南原指了指农道，"那辆车都开出一百多米，走到岔路口了，往右是通向志木温泉的，往左是通向县道的，往美岳市开去的。当我抬头看的时候，我发现那辆车是拐向县道的，但是只能看到一个车顶。这些我刚才才想起来。"

"是辆什么样的车呢？"

"要说是辆什么样的车……你看，前面是一片水田，稻穗都抽出来了，被它们一挡，我压根儿看不到整辆车，而且，通往县道的那段马路，是个平缓的下坡，我只看到了车体的顶部。再说了，就那么一眨眼的工夫……"南原说到这里突然停了，仿佛又陷入了沉思，然后自言自语道："可能是个货车吧！"

"货车？就是说，车后座往外延伸，可以用来装东西的那种车吗？"

"是的，虽然货车种类各异，但是，无论小货车还是大货车，车体上部，就是车顶部分都是箱型的，所以，我能看到它。如果是普通汽车，车体很低，我就看不到了。"

"我明白了，那么你看清是什么颜色了吗？"

"白色的，这个毋庸置疑。"

"哦，你刚才的话很重要，我们可以初步认定肇事车辆的特点了。非常感谢，另外，你到被害人身边的时候，他还活着吗？因为你之前报警的时候说过，'他刚才还活着'，但是……"

"是的，还活着。"南原使劲点了点头。

"你是怎么判断出他还活着的？"

"我听到呻吟声了，孩子俯冲下去的时候，头是偏向一边的。我说了句：振作点！然后把他扶起来，大声对他说：'救护车马上就来了，你要加油啊！'就在那时，孩子好像听到我的话，睁开眼睛看了看我。"

"哦，那应该是回光返照了。"

"可能吧！我不失时机地大声问他：'喂！是谁撞了你？那

人长什么样子？'那时孩子还睁着眼，所以，我觉得当肇事者说'喂！怎么回事？坚强点！'的时候，孩子一定看到了他的长相。"

"那么，孩子说什么了吗？"

"说了，但是声音很微弱，看他嘴唇在那一张一合，我赶紧把耳朵凑了过去，听到他说：'戴眼镜的……'我猜他是想说那个人戴了副眼镜。我说：'知道了，那他是年轻人还是中年人？'这个问题他没回答，不过，也可能是这个问法不好。

"突然，孩子伸出手指，死死地指着自己的头发，我就赶紧问：'那人头发很长吗？'但是，孩子没反应。我意识到他可能说的是头发的颜色，就连忙盯着他的眼睛，追问：'那人的头发是白的？染色的？茶色的？'

"就在那时，孩子的眼神稍微动了动，就闭上了眼。但是，当我说到'茶色的'的时候，孩子明显有反应，仿佛是用尽全身力气，拼着最后一口气，向我传达茶色头发的信息。一想到这点，我就想哭。我赶紧凑到他耳根，不断喊他，加油啊！救护车马上就来了！警察也会来！那个伤天害理的家伙，你们一定要抓住他！"南原的声音颤抖，大概是想起当时的场景了吧！

"我也是头回遇见这种事。"南原续道，"事故现场非常凄惨。孩子的头被磕了个大口子，一直往外喷血。总之，先要为他止血，虽然这样想，可是手边既没有药也没绷带。想到我里面还穿了件运动衫，我赶紧脱下来，把它撕成两部分了。一半卷起来压住伤口，另一半把额头缠了一圈。但是，我还是眼睁睁看着血不断溢出，浸透了运动衫，流到我手上。"

　　那个时候，雨点啪嗒啪嗒落了下来。

　　"虽然开始打雷了，天空却是晴明的，本来以为不会下大雨，结果雨突然间就大了起来。我慌了，这样下去，孩子一定会被淋透的。想到这里，就连忙把他移到屋檐下，本来是俯卧的身体因此变成了仰面朝上的。刚才，刑事鉴定的工作者不满地说：'为什么要破坏现场啊！'其实，那种情况下，我实在不忍心看到孩子再淋雨……"

　　"是，你做得很好。换成谁都会那样做的，作为警察，我再次对你表示感谢。"土田轻轻点了点头。

　　南原连忙摆了摆手，叹道："没有没有，其实也不是什么了不起的事。我也进去避雨了，却没能马上叫来救护车，更愚蠢的是，当时那么重要的手机，我竟然扔在家里，没带出来。"

周围是一片稻田，没有农家，也没法借电话。如果有车路过，可以让那人去报警，或者能止住孩子的血，又或者能看到有人路过，结果都不会这样。

"幸好雨渐渐小了。赶紧来个人吧！我这样祈求着，看着马路左右。这时，从县路那边驶来一辆车。我赶紧跑过去，使劲挥着手。车里的中年女性看到我，知道我要拦车，反而加快速度绕了过去。这也是没办法的事，毕竟我当时上身赤裸，手上又沾着血。看到这样的男人，不停车也情有可原。我这样一想，赶紧跑回小屋穿上衬衫，在稻田洗了手。这时，孩子的呼吸好像没了。过了五六分钟，又来了一辆车。这次是位年轻的女性，她停下车，我从她那里借了手机。报警就是因此而延误的，我很抱歉。"

"原来如此，你尽力了，那孩子的家属会来美岳市警署，我们会把这些事转告她们，相信她们一定会非常感谢你。"

南原听了土田的话似乎如释重负，问道："那太好了，我是不是可以回去了？说实话，我还没吃午饭呢，从这里走一会儿就到县道了，我想去那儿的餐馆随便吃点，回小诸市。"

"可以。耽误您这么久，非常抱歉。您请回吧！"

"那，再见了……"

南原礼貌地点了点头，朝着县道的方向去了。与此同时，救护车的鸣笛响起，载着孩子的尸体驶往美岳市警署。恐怕孩子的家属也在去警署的路上吧！

她们需要去安置间确认尸体。而土田必须在现场监督，面对如此悲伤的场景，心情真是无比沉重！

第三章

美岳市警局有专门存放尸体的房间，位于二楼北边，六榻榻米大小。大理石地板中央放着一张床，在头的部位放着一张跟床差不多高的小桌子。

　　警员都称之为安置间。

　　身份不明的尸体都会被送到这个房间，供亲属确认。

　　那一天，交通事故的被害人关川俊也被送到了这里。

　　床上铺着纯白的床单，俊安静地躺在上面。额头上换上了新绷带，脸上的血污也被女警擦拭过，盖着干净的白布。

　　枕头旁边的小桌子上，摆着烛台和香火。蜡烛发出微弱的光，仿佛禁不住一点微风。玻璃花瓶里插着几枝玫瑰，仿佛在凭吊死者，这样应景的装饰都是警员们用心布置的。

　　土田从现场赶回来之后，马上来到安置间。对着俊的遗体双手合十，转向站在旁边的津村刑警，问道："孩子的家属现在在哪里？"

　　"这个……她们现在还没到。"

　　"为什么还没到？家属不是在志木温泉吗？在现场那会儿，就给旅馆打电话了吧！让她们马上来警署确认尸体，联络过不是吗？"

"的确如此，不过，不凑巧的是，她们两位现在在诊所里，诊所在志木温泉附近，是一个叫松木的医生开的。"

"为什么会在那里？"

津村说道："实际上，刚才旅馆的主人打电话过来了……"

惠风庄后面的溪谷旁边有一条小路，旅馆主人一接到警方的电话，赶紧骑车去找她们了。因为在旅馆打工的农妇说，她看到客人是沿着这条路走的。

这一带没有任何名胜古迹。唯一值得一提的是志木溪谷的红叶，可是，这个季节，两岸的树木郁郁葱葱，极目望去，一片绿野。对于常住农村的人来说，这实在没什么特别之处。

可是，对于来度假的母女俩来说，这不失为散步的好去处。旅馆主人之所以骑自行车，就因为这条路崎岖狭窄，无法开车。

他很快看到母女俩，老远就喊她们，两人面面相觑，不知道发生了什么事，停在那里看着主人来到跟前。

"不好了！你们家小孩被车撞了，撞破了头，好像死了，警察刚才来电话说让我们赶紧找家属过去。"一停车，他便上气不接下气地对松代说道。

不管松代还是纱江，在听到消息的瞬间，仿佛石化了，一眨不眨地盯着旅馆主人的脸。

"总之，你们得赶紧先回旅馆，然后我开车送你们去警局。"

主人边往回调头边催促她们。此前一直怔怔地盯着主人的松代，迅速追上前去，扯住车后座，让车一拖，一屁股跌在路上，发出一声奇怪的声音，便倒在了地上。因为方才的阵雨，路上的杂草都被打湿了。

松代仿佛要用双手将地上的草连根拔起。

旅馆主人吓了一跳，"夫人，你怎么了？"说着赶紧上前，蹲下身将松代抱了起来。

"妈，你不要吓我！坚强点！"纱江双手环住母亲的肩膀，不停摇晃着，而躺在旅馆主人怀里的松代，眼睛闭着，紧咬双唇，任纱江摇晃，毫无反应。

"这样不行，小姐你赶紧叫救护车吧！把她送到附近松木医生的诊所去，越快越好。我也赶紧走，把夫人送回旅馆。"

旅馆主人在纱江的帮助下，抱着松代疲软的身体，自行车也不管了，急急忙忙往旅馆跑去。他一回旅馆便把松代放到车里，让妻子载着她驶往松木诊所。纱江当然也在车上。

松木医生是个七十多岁的老者，头发花白。听旅馆主人说明了情况，便搭上松江的脉。

"别担心，患者骤然听到外孙离世的消息，受到很大打击导致血压突降形成了脑贫血，休息一会儿就好了。"

松代静静地躺在病房的床上，医生给她挂上了点滴。须臾，松代苍白的脸上恢复了血色，逐渐响起了安睡的呼吸声。

"让她睡一个钟头，就能恢复了。"

纱江听了医生的话，悬着的心放了下来，转向旁边的旅馆老板娘，说道："给您添了很多麻烦，趁母亲睡觉这会儿，我想去趟警局，您能帮我去外面拦辆出租车吗？"

"不用打车，我家老公说了，直接把你们送去……"

客人的灾难，旅馆感同身受。这种好意让纱江感动不已，热泪盈眶。

当天下午将近五点，在旅馆老板娘的陪同下，纱江出现在警局。

她独自去了安置室，老板娘回了旅馆。

津村接待了纱江，此时的她脚步踉跄、面颊青紫、双唇紧抿，很显然，精神受到了巨大冲击。

等纱江进来，土田向她点了点头，便掀开盖在遗体上的白布，指着床上说："在这里。"纱江仿佛没看到土田，直直地往床边走去。

她目不转睛地盯着俊的脸看了半天，然后说了一串不可思议的话。

"俊，不可以哦！为什么要在这种地方睡呢？来，起来，跟姐姐回家。"

俊身上披着夏天盖的薄毛巾，纱江不停晃着他的肩膀，两次，三次。可是尸体当然不会有反应。

"俊，你给我起来！"

纱江用两手轻轻地拍着俊的脸，旁边的警察不禁打算制止她。突然，她停止了动作，环顾了一下四周，视线又落回俊脸上。然后，她把脸贴到尸体的脸上，仿佛崩溃般，慢慢滑到床沿。

下一刻，房间里蓦然爆发了一阵恸哭，打破了屋里的沉寂。呻吟般的恸哭，不断颤抖的身体，无不宣告着主人此时的悲切，而被投到痛苦旋涡中的她，正用着全部的意念，在和痛苦抗争。

不用说，纱江在赶到警局之前，听到俊的死讯便悲伤不已，但是，不管是在旅馆还是诊所，都没有亲临现场的真实感，就像听到一个悲伤的故事那样，让人情不自禁，呜咽不止。

可是，她现在进了警局大门，素不相识的刑警带着她踏进余香袅袅的房间，看到了躺在床中央的俊。新换的绷带，擦拭干净的面孔，纯白的床单，紧闭的双眼，眼前的情景颠覆了纱江的想象。

交通事故的死者通常都是鲜血淋漓、凄惨非常，如今……再加上被刺痛的神经，她的思维不禁有一刹那混乱。

（俊还活着，谁说他在交通事故中死了！你看他脸色这么健康，怎么可能死了！真是的，在这种地方沉睡不醒，真是个坏孩子。我们得赶紧回去了。来，睁开眼睛，和姐姐一起回家，外婆还等着你呢！）

纱江伸出手，温柔地摇着俊的双肩。怎么回事，还不醒？她又用双手轻拍俊的脸。猛然间，指端传来异样的冷，让她浑身一激灵。

她意识到正抱着一具尸体，慌不迭地收回双手。

纱江盯着俊的身体，是的，躺在那里的就是一具尸体，不管怎么叫也不会有反应的尸体。可是那是俊！

俊的的确确死了？那一瞬间，她不禁恸哭出声。刑警们默然看着她。

土田给津村使了个眼色，把他叫到跟前，低语吩咐道："我们要用一下来宾接待室，要问些话。她哭得这么厉害，找个女警扶她去吧，然后准备一杯冷咖啡。看来这孩子的死让她伤透了心呢。"

纱江哭到最后，几乎是在干号，仿佛虚脱般，身体都不是自己的了。灵魂像飘浮在空中，连站起来的劲儿都没了。

"刑事课的课长正在等着您。关于这次事故，还有很多情况想通过您了解一下。请跟我来。"

纱江在两名女警的搀扶下进了来宾接待室。

土田温言道："别客气，坐。"

房间里放着两张真皮沙发，土田递过来一杯冰咖啡。

"志木诊所那边刚才来电话了，说您母亲全好了，很健康，所以别担心啦。"

纱江听到母亲好转，整个人登时放松了不少，靠上沙发说道："非常感谢您，刚才我完全混乱了，给你们带来不少麻烦，非常抱歉。"

"客气了，作为家属，您这样无可厚非，换作是谁都无法平静。"

"那个……俊为什么会被车撞？我想和肇事者见一面，问一下当时情况……"

"那个人……就是肇事者，他逃逸了，撞了俊之后直接开车跑了。"

"啊？就那样逃了——"

"是的，我们正在追捕他，当然，也在全力追踪肇事车辆。"

"那个，您刚才说的那个'他'是男人还是女人？"

"是个男人，戴眼镜的男人，如今只知道这么多。"

纱江把目光投到远处。逃逸了。把一个十二岁的小孩撞了之后，逃逸了的男性。

这和杀人有什么区别？

那个男人，戴了副眼镜……眼镜男。年轻人？中年人？戴眼镜的日本男人，到处都是。警察如何才能找到凶手？

"这个男人戴了眼镜，您是如何得知的？难道现场有人看到了他？"

"不是，出事的瞬间，现场没有目击者。眼镜男这条线索是俊亲口说的。"

纱江吃了一惊。俊被车撞了后还能说出这些话？不可思议。警官刚才说现场没有目击证人，那俊能对谁说出这些呢？一连串疑问涌进纱江脑中。

"俊，他真的说出了眼镜男这番话吗？既然现场没有目击者，那俊旁边当时还有谁？那会儿，俊还能流利地说话。也就是说，还活着了？那个人为什么没有救他？而且，据说叫了救护车，但是来不及了是吧？我想见见那个人，我有话想问他。"

纱江连珠炮似的问题脱口而出。她现在神志清醒，甚至大脑还很亢奋。土田为了不刺激到她，尽量用平和的语气和她说话。

"俊临死前，在他身边的是这位先生，是他听到的。"

土田拿出先前南原给他的名片，递给了纱江。

"这位南原先生没目击事故发生，但是当时就在现场附近，那一带有'石佛宝库'一称，守路神和地藏神的石像随处可见。南原先生一直对石佛深感兴趣，当时正在摄影，据说他打算拍些照片，然后加以简单的描述，出版成册。"

"是吗。"

"所以，今天他又来这边拍照，当他对着石佛调焦的时候，听到一声尖锐的刹车声，他意识到可能发生了事故。"这些从南原那儿听到的描述，土田原封不动地转述给纱江听。

纱江听到这里，眼眶又湿润了。

"当雨点落下的时候，他怕俊被打湿，把他移到房檐下，为了给俊止血，他撕开自己的运动衫……"

得知南原这些举动，纱江心中感动不已，几次拿出手帕擦着眼泪。

土田续道："南原先生没带手机，没能及时叫来救护车，因此自责不已。他说没救得了俊，这对想顽强活着的俊和俊的家人来说，是难以挽回的伤害。虽然他很自责，但也是没办法的事。其实，站在南原先生的立场来看，他能做到这些，很不容易了。"

纱江听了，深表同意地点了点头。

"他能做到那个地步，想必俊也很开心了，作为俊的家人，我们也非常感谢他，来日一定登门拜访他，表达我们的感激之情……"

"那样也好，面对交通事故的受害者，他的确做得很周到，这不是人人都能做到的。说起这次的事故，中间有很多机缘巧合，做警察也有些年头了，我总觉得哪个地方不对劲……"

　　土田说到这里，苦笑了一下。身为警官，这么说恐怕不太好，面对着受害者的家属，怎么能说机缘巧合呢？这些都是迷信。

　　纱江也一脸难以置信的表情，看着土田那苦笑的脸。

"那个……您刚才说机缘，这是什么意思？"

"实际上，俊的遗物中有本素描册子。当然，过后会把它还给你们。"

"哦？那个有什么不对？"

"我打开看了下，俊是去那一带写生了吧？"

"的确。那孩子非常喜欢绘画……这次也是，从到志木温泉那天起，他就在旅馆附近跑来跑去，后来他说找到了写生素材，就在'石佛之路'的立牌附近……"

"是的，就在育子地藏那个地方。"

"育子地藏？"

"当地的人都这么叫，俊的素描册上画的就是它。以地藏为中心，周围分布着竹子、松树等老树，构图巧妙。我们警局里也有擅长画画的刑警，看到俊的画，大吃一惊，难以相信这是小学生的作品，无论是对象的捕捉，还是构图的巧妙，抑或是惟妙惟肖的刻画，都告诉我们这孩子是个画画天才。"

"唉！"

"在学校，俊的画也深受好评吧？"

"是啊！在县儿童绘画大赛，还有报社举办的绘画比赛中，他都获过奖。他最感兴趣的就是画画了。"说着说着，纱江又掉泪了，再也看不到俊打开画夹子的样子了。

说着"地藏在朝我笑呢"的俊，高兴地冲门而出的俊。

地藏前面一辆被摔坏的三轮脚踏车，俊会编出一个悲伤的故事，一个小孩骑着脚踏车，在交通事故中死去，孩子的母亲悲痛欲绝，每天供奉着地藏，给孩子祈福，希望他死后长眠。这样的俊。

地藏说希望你能把这些画出来，我一直等你好久了。谈起这些天马行空的想法，目光熠熠的俊——

可是，就是这样的一个孩子，也没跟我打声招呼，就成了交通事故的受害者，躺在警局了。

刚才，土田说到"机缘"一词，可不就是这么回事吗？不过，不对啊，这位警官又不知道我和俊之间聊天的内容……

房间里沉默了。

这时，土田开口了，打破了沉闷的气氛："第一个发现车祸的是南原先生，他也对这尊地藏感兴趣，所以想拍下来，收录到自己的相册里，那个时候，他正好在地藏那儿。

"也就是说，因为事故发生在南原附近，他才能发现倒地的俊，然后把俊搬到屋檐下，报了警。

"换句话说，俊和南原先生之间会有交集，就是因为这尊育子地藏。所以，我觉得是种'机缘'……真是的，这都是些迷信的想法，从一个警察嘴里说出来，多少有点不负责任吧——"

"不会，"纱江不禁点点头，"其实，我也有这种感觉。那个地藏呼唤俊，又诱导南原。但是，俊却死了。既然这样，它还叫什么育子地藏？真是可恨！"

"这个，可能以前，年轻的母亲为了孩子能健康成长，向地藏许了愿。这样的做法口口相传，它就成了育子地藏。其实，这名字本来没有深刻的意义，也没什么由来……"

"可能吧！等有机会，我一定去地藏面前，亲口请教是谁撞了俊。"

"是啊！要是能问出结果，我们刑警就太高兴了。只是……"土田突然话锋一转，想到了一个问题。

"俊出去画草图的时候，没带雨具吧？尸体旁边虽然有顶大草帽，可是没有雨伞之类的东西……"

"是的，那孩子吃完早饭就带着画册出门了，他事先在旅馆商店里买了面包，说中午不回来吃了，走的时候天气晴朗，谁也没想到待会儿能下雨……"

"是的，可是午后两点左右，开始打雷了，因为没带雨具，俊赶紧顺着石佛之路往回跑，希望能赶在下雨之前回到家。就在那时，背后驶过来一辆车，当驾驶员发现前面有人时都来不及踩刹车了，我估计事故就是这样发生的。

"顺便问一句，昨天，您是开私家车来到温泉旅馆的吧？带着俊和令堂一起。"

"是的。"

"既然这样，当雷声滚滚，即将下雨那会儿，您有没有想过开车去接俊呢？

"您应该知道他画画的地方吧？如果马上开车去接他，或许不会发生车祸，您想过这一点吗？"

"是，您说得有理，但是您不了解俊的性格。我和母亲压根儿没往那方面想，我们当时就觉得俊一定不会淋到自己的，谁能想到会出车祸？"

"可是，我还是不明白……"

对于土田来说，这番话的确令人费解。刮风下雨的天气，一般人都会去接孩子的吧？明知道他没带雨具，怎么可能一点不担心？

这个时候，纱江的嘴角浮现出一丝微笑。她从进了警局大门起就没笑过。熬过巨大的精神冲击之后，纱江渐渐平静了下来。

她沉稳地继续讲述。

"俊很讨厌打雷。不对，与其说讨厌，不如说是恐惧，他很害怕电闪雷鸣。那孩子上小学六年级了，他也知道打雷只是一种放电现象，并非是面目可憎的雷神在云端敲大鼓，这个学校也教过，可是，面对打雷下雨，那些抽象的学问根本派不上用场，他依然害怕得不行。"

土田也情不自禁地笑出声来，他想到了津村，当闪电划过，雷声滚滚时，他'哇'的一声，抱头趴在桌子上的样子。

"不仅仅是俊，就连有些成年人也怕。"

"总之，俊异常害怕电闪雷鸣。即使在家里，一碰到这种天气，便会迅速钻到壁橱里，用被子包得严严实实。之所以会这样，恐怕是他小时候，我母亲老拿雷神电母吓唬他吧……"

据纱江说，他们家有两扇屏风，上面画着凶恶的雷神，是纱江的爷爷从古画商人手里买的，如今可能放在储物室了。

俊小的时候，碰到什么不高兴的事情会哭，哄不好、骗不了的情况下，松代就搬出这扇屏风。

松代也是偶然想到这个办法的，有一天下阵雨，雷声从远处滚滚逼近，一听就知道这场雨不会小。

然后，雷声就一直在头顶上，而且特别响。松代就指着屏风上的雷神画对俊说，因为你一直哭，雷神生气了。你看，雷神的眼睛，闪闪发光，他在说：'谁家的小孩在哭啊？让我找到他，非把他吃掉！'你看外面一闪一闪的，那就是他的眼睛。所以，你快别哭了，赶紧和我找个安全的地方躲起来。

这样恐怖的故事，再加上屏风上凶恶的图，渐渐煽动起了俊的恐惧之心。

屏风上的雷神，身披虎皮，脚踏卷云，肌肉隆起，张牙舞爪，目光灼灼，似在咆哮。松代说，轰鸣的雷声是雷神在咆哮，刺眼的闪电是雷神锐利的目光。幼小的俊很快便深信不疑了。

松代紧紧搂着哭泣中的俊，打开壁橱门，一起钻了进去。俊就躲在外婆怀里，一直到阵雨结束，一动不动。

"就是从那时开始，俊就害怕打雷了。"

土田点头道："哦，我倒是觉得有点小题大做了。"

"是啊，要是他在家听到打雷，就会跑回房间躲进被子里；如果出门时不幸碰到雷雨天，就会赶紧躲到别人家的库房。农村嘛，除了主人住的房子，一般还有个放农业用具的库房，俊一发现这样的库房就会跑进去。这样的小屋一般没窗户，俊一进去主人就能看到他，但通常会一笑而过，允许他待在那里。"

"原来是这样，所以今天虽然打雷下雨，但你们认为俊会找个库房待着，不会被雨淋到？"

"的确如此，今天打雷时，我还和母亲相视一笑，此时俊一定在找人家的库房，捂着耳朵吓得到处跑，想到他的样子我就忍不住想笑。"

"但是，那附近并没有人家。沿着坡道往上走二三百米，才能看到一个叫尾沼的村子，那里住着三四十户人家……"

"是，刚才在车上，旅馆老板娘也跟我提起过，如果我事先知道，一定会在打雷之初，就赶紧开车去接俊了……"

纱江咬了咬嘴唇。

当时应该是这样：俊一听到打雷，马上停止画画，开始寻找可以藏身的人家，所以从地藏那里离开，跑上了石佛之路。

但是，跑了好远还是没看到人家。雷声更近了，俊害怕了。这里好危险，只能赶紧回旅馆了，相信能赶回去，所以他就拼了命地跑。

当时，俊的确是这么想的，就顺着石佛之路快速往下跑。他没想到的是，农道上有辆车正飞速冲过来。

与此同时，驾驶员也大吃一惊，从旁边的路上突然冲出一个孩子，他急忙踩了刹车。下一刻，就看见孩子的身体飞上了天。

纱江十分自责。如果她一打雷就开车去接俊，或许这桩惨事就能避免，然而她当时在做什么呢？在想象俊抱头鼠窜的样子，还和母亲笑个不停。而雷雨后天放晴时，她竟然和母亲出去散步了。谁能想到，与此同时，俊的头撞破了，血流满面，痛苦不已！对不起，俊，姐姐太坏了。姐姐就是个傻瓜……

土田见纱江咬着嘴唇，极力隐忍，痛不欲生的样子，忍不住安慰她："发生这种事，中间有很多偶然的因素。比如，这个地方连着十多天都是晴天，偏偏今天下雨了。对于俊来说，这就是一个偶然的不幸，而且，打雷是从两点左右开始的，如果能晚半小时，俊也不会遇到那辆车。你自责，说自己没去迎接而导致他的死，完全不是这回事。"

"谢谢。"

"我不能原谅的是逃跑的肇事车主。"

"如果他被抓到，会以杀人罪判刑吗？"

"不会，太牵强了。"

"为什么不会？俊不是被他撞死的吗？"

"这个……肇事者本身没有杀人意愿。本来在交通事故方面，日本政府通常采取宽大处理，国家的法律规定就是如此。就此次事故来说，如果他没有逃逸，顶多算是过失伤害，会判得很轻，一般会是五年以下的拘禁或者二十万日元以下的罚款。如果被害者仅仅是受伤的话……"

"什么啊！不管是死了，还是受伤，这样的惩罚都有点轻吧！"

"肇事者最初没打算杀人，就是说他没有杀人动机，即便被害者死了，在法律上也会认定为过失杀人。"

"太过分了！"

"的确，从被害者的角度来看，这有失公平。虽说是过失，但人死不能复生，造成的后果却是很严重。不过，这次的情况不同。"

"……"

"肇事者逃逸。从出事的那一刻起，他就负有保护俊的责任，或是把俊送去医院，或是叫救护车，反正应该立马采取措施。但是，他扔下俊逃走了，这下罪就不轻了。"

"会怎么判？"

"被保护者遗弃罪，这是很严重的罪过，需要尽快把他抓捕归案，我们现在着手查了。"

"非常感谢您，不然俊死不瞑目。"

纱江深深鞠了一躬。警察开始追捕了，这可说是唯一值得高兴的事。纱江深信天网恢恢，对方终有落网的一天。

日本警察的破案率在世界上曾经首屈一指，可是近年来有报道说这数字在逐年下降，甚至有报纸说日本已沦为犯罪者的天堂。

但是，纱江认为眼前的这位警察不同。他那传统的警魂融入血液，生生不息。

美岳市警署的女警开车将纱江送回了旅馆，那时都晚上七点多了。太阳下山了，深绿色的群山，绵延的线条，高原上的温泉旅馆，都静静地笼罩在夕阳的余晖中。

一进门，主人夫妇便迫不及待地迎上来，却都是垂头不语。纱江郑重地回了一礼，便朝房间走去。

打开房门，看到了从诊所回来的母亲。母亲好像都准备睡了，听到响声从被子里起身说道："你回来啦。"

如此有气无力的问候，一看就是哭得精疲力竭了。

"身体还好吗？您躺着吧。"

"没事了。只是听到俊的死讯时，突然眼前一黑罢了。那样毫无预兆地倒下，还不够给你们添麻烦的，从今天起，就剩咱俩了，我想不坚强起来都不行啦！"

"您不用那样勉强自己，我们先考虑俊的事吧！那孩子正在医院被解剖。"

"解剖？俊死得那么惨，这还不算，医生还要在他身上开刀？为什么要做这么过分的事……"

"没办法的事。撞俊的人逃跑了。要是他当时采取措施的话，俊或许还不会死，但是他不负责任地留俊一个人，据说这样的人会被判重罪的，抓到他便会判刑。为了那一天，现在要从医学的角度，仔细调查俊的死因。"

"如果警察这么说了，那我们也只能赞成了。"

房间渐渐暗了下来，但谁也没站起来去开灯。就希望这样沉浸在黑暗中，等第二天早晨一睁眼，听到俊的声音，"姐姐，真是个大懒虫！"清晨刺眼的阳光让人睁不开眼，伸着懒腰打个哈欠：原来昨天的事只是一场梦。

她们都明白这不是梦，这种事也不会发生，但就是想沉浸在这种想法中。

"话虽如此，俊也的确是个可怜孩子。"松代打破了沉默，言语中透露着心痛，"小时候母亲就过世了，现在又被车撞死，而且是死在最害怕的雷雨天，还淋了雨……他一定很难受，很害怕。我一想起这个，心里就疼得要命。"

"是啊，不过，有个路过的好心人，把他抱到附近的屋檐下，在俊咽气之前，他一直陪在旁边，并没让俊淋到雨。"

纱江将从警察那儿听到的话转述给松代，细细地讲了南原谦也是如何做的，他如何撕开自己的衬衣，为俊包扎伤口，松代听了，也为之感动。

纱江续道："那位叫南原的先生，拜他所赐，发现倒在地上的俊，不仅没让俊淋湿，还一直在旁边陪伴俊走到最后。我听到这些，心里才没那么难过了。"

松代忍不住点头道："的确如此啊！世间还有这么好的人，如果就放俊一个人在那里，他一定会死在风雨之中。这确实值得庆幸，真是太感激那位先生了，你问了他家住哪儿没有？"

"嗯，知道，等办完俊的葬礼，我一定登门致谢。"

"应该的，说起葬礼，我刚才给志保家打过电话了，通知了俊的事……"

"很好，我也一直担心这件事。那，姐姐她，什么反应？"

"那孩子，在那儿一直哭个不停……然后就换悠一郎接了。"

悠一郎是志保的丈夫，是个税务员。他把自家一间房子辟出来，作为事务所的一部分，平常就在家里办公，所以听到妻子在哭，能马上过来替她接电话。

"我跟悠一郎说了俊的事，然后他说这事挺严重的，单靠咱俩解决挺难的，需要一个男人撑起来，明天，他就和志保一起回家。"

"这样很好，帮了我们大忙了。"

"悠一郎还说，这正是需要他的时候，凡是他能做得到的，会尽量帮助我们。劝咱俩不要太担心，今晚好好睡一觉，他们明天就到了。"

"真不愧是姐夫。他一准想到我们会很困扰，就说和姐姐一起过来，说实话，要是咱俩的话，还真没什么办法，这下可帮了我们大忙了。我们明早就赶回去，警察那边说了，俊的遗体明早就会送过来，我要和姐夫讨论一下，准备棺材，联络火葬场。"

"我打算给寺庙打个电话。俊是关川家的后嗣，我想给他办个正式的葬礼。纱江，如果我们一味地哭，只会惹外人嘲笑。我们和悠一郎商量一下，帮俊办一个风风光光的送别仪式。"

门开了，女招待将头伸了进来："晚饭准备好了。"

"啊，谢谢。"纱江连忙站起来开灯，整理了一下桌子上的茶具。

招待走了两趟，才将晚饭上齐了，一道道的菜都摆上了桌子。

不同种类的炸蔬菜、同种蔬菜也分煮的和拌的、茶碗蒸、西瓜和白桃混在一起制成的甜点，却没有见昨晚吃过的鱼和肉。一看，便是精心料理。

茶碗和腌菜都需要用筷子，当纱江看到摆上来的三双筷子时，吃了一惊。

"那个……今晚，就我和母亲两个人……"

"是，"女招待跪坐着道，"我们很清楚这一点，小孩昨天还一个劲儿夸这里的晚饭，今天却不在世上了。但是，孩子的灵魂还是能自由行走的，老板考虑到这一点，说希望孩子还能享受到人间的美食，就吩咐厨师，做了三人份的饭菜。

"夫人也很赞成老板的意见，很罕见地亲自去了厨房，指点厨师做出来的，老板说这是我们旅馆对孩子的一点心意。请你们三位慢慢享用。"

松代跪坐着，听了女招待的话，双手撑地，深深地将头低了下去。

"非常感谢。死去的外孙看到这样精心准备的饭菜，也一定会很开心的。我无法用语言来表达我们的感激。请向主人、夫人还有厨师传达我们诚挚的谢意。"

松代又一次，郑重地俯下身。纱江和母亲一起跪谢。早就发誓不再哭的两位，又情不自禁地流下眼泪。

目送着女招待低头走出房间，纱江从俊的遗物里找出素描册，翻到最后那幅风景画，打开，把它摆在饭菜旁。

那幅画中，石头地藏处于中心位置，虽然尚未完成，但是，警局里懂画画的一位警官说，俊是个画画天才。的确，细致的笔触勾勒出了地藏柔和的表情，作为背景的竹林和灌木叶子随风摇曳，仿佛能听到沙沙的风声，只用铅笔就能画出这个效果，不得不承认俊在这方面的才能。

"妈，这是俊画的最后一幅画。那孩子之前对我说地藏在朝他笑，所以他描绘地藏时一定注入了自己的灵魂。我们就把这幅画当成俊，放在饭菜旁吧。"

"好，就放在旁边。让地藏和俊一起吃吧！那孩子呀，一定是去找他妈妈了。"

松代说着摸了摸地藏，拿起筷子。纱江也念叨着拿起筷子。

"俊最喜欢的桃子哦，多吃点！"

就这样，一家三口默默开始了晚餐。松代和纱江一句话也没再说。俊画中的地藏睁着细长的双眼，仿佛正一眨不眨地盯着她们。

第四章

关川俊死后的第五天，关川家举行了葬礼。

本来，关川家在村里相熟的人就不少，再者，俊死于"车祸事故"的消息登上了地方报纸，所以，即便是没有通知到的远方亲戚，据说"看到这个消息大吃一惊"，也匆匆赶来了。

而且，俊的同学也在老师的带领下，加入了送别者队伍。一位女生代表全年级的同学读了追悼词，引得现场唏嘘不已。

"小俊，我们一直都是这样称呼你的，请允许我今天依然这样叫你。

"我们和你升入同一所小学，同一个班级，一起学习。这样的时光，小俊不会忘记，我们也终生难忘。你的课桌，我们会永远为你留着，会擦得干干净净，一直到毕业那天。

"今天我们全班在这里约定：每天早晨一进教室，就去小俊的课桌那儿，跟你说一声'早安！'

"小俊，天堂里的小学现在也放假吗？我们学校八月二十六日开学。那天，我们会集体去你课桌前说早安，你在天堂记得回应我们哦！

"小俊，多想再听听你的声音。这也是大家的心声，大家的愿望。你听到了吗？小俊……"

读追悼词的女生，一度泣不成声。

人群里也有人呜咽不止。

纱江用手帕捂着脸，聆听着女孩清脆的嗓音。着实被这样的葬礼感动了。

（太好了，俊在天堂看到一定很开心。）

很多人来参加了俊的葬礼。这样盛大严肃的葬礼能如期举行，二姐志保的丈夫悠一郎功不可没。如果没有他，纱江和母亲真不知该如何安排。这几年来，各地的农协包办了葬礼的一切事宜，不仅能设立新墓地、装饰祭坛、接待并记录来宾，还能安排家属席，准备酒食，从香火的回礼到感谢信的印刷，事无巨细，一一包办。但是，在主人家委托之前，他们是不能自作主张的。在这方面，悠一郎做得恰到好处，多亏了他，葬礼才没有延误，在最短的时间内举行了。

所有仪式结束了，纱江、松代、悠一郎夫妇到家时是晚上七点。

纱江刚喝了口茶，便听悠一郎说道："葬礼圆满结束了，如果没别的事，我们就回去了。"

志保接过话头说道："纱江，不好意思，我也一起回去了。剩下的事就拜托你了，俊走了以后，妈的情绪很低落，你要多照顾她。我也会时不时回来看看，但是也不能一直守在身边，所以，一切拜托你了。加油！"

他们就此回去。从出事的第二天到葬礼结束这四天里，悠一郎的事务所暂时歇业，志保也把一切家务琐碎交给婆婆打理。不用说，两人迫不及待地想回去了。

纱江和母亲目送姐姐的车走远，回到起居室，什么话也没说，软软坐下。

到葬礼结束，她们一直忙碌不已。接受来自各方的问候，然后重复着感谢的话，鞠躬，这四天像做梦似的过来了。如今，母女两人无言地面对面坐着，依然觉得一切都像一场梦。

此刻，二人一动也不想动，连说话的力气都没有了。天渐渐黑了，屋里不见丝毫的动静。只剩下佛坛里微弱的烛光，不断飘摇着。

佛坛里放的是俊的骨灰。关川家有一大块墓地，想入土随时都可以，但是，松代主张，把骨灰在家里放足四十九天。

骨灰装在一个白瓷壶里，壶外面包着一层白布，白布上的金银线刺绣在烛光下一闪一闪，就好像俊的魂魄在说话——"外婆，姐姐，我在这里。"

是夜。纱江猛然睁开眼睛，仿佛听到有人在说话。

枕边的台灯明晃晃的，纱江看了时间，夜里三点。昨晚的葬礼结束，她一身疲惫，脑子一片空白，躺在床上那会儿是八点多。也就是说，自己像死人似的睡了七个多小时。

刚才突然惊醒，好像是听到隔壁母亲在说话，不过，不是在叫她。纱江渐渐听明白了，母亲是在唱歌。

哦哦，哦哦，睡着了
乖乖地睡着了
宝宝是个乖孩子
睡吧

不哭的孩子最乖

给他什么呢

大鼓咚咚响

风笛吹

小法师有纸糊的小狗狗

这是一首摇篮曲。俊出生以后，便由松代一手照顾。这并非美登所托，是松代从美登那里抢过来的，她把俊放在身边，一刻不离。

"妈，您真是太疼外孙了，但是别给他养成让人抱的毛病。小孩子嘛，哭就哭吧！我们不理他就好了。"

一听美登这样说，松代的气儿就不打一处来："说的什么话！我就是这样把你、志保和纱江带大的，所以，你们现在都健健康康的，带孩子我最有经验了。你没这方面的知识和经验，就会在这儿说大话。"

就这样，松代要么抱着，要么背着俊，四下里走来走去。那时候唱的就是这首摇篮曲。

"哦哦，哦哦，睡着了，乖乖地睡着了"——单调的旋律。不过，正是因为旋律单调，不断重复下来，才能把孩子哄睡吧！自己小时候也是这样睡的吧！

不过，在这样的深夜，母亲唱起了摇篮曲，看起来有点儿不正常。

纱江害怕了。难道因为俊的骤然离世，把母亲的精神刺激坏了？

纱江下了床，慢慢走到母亲房门外。

摇篮曲还在继续着。拉窗还亮着，母亲房间的灯还没关。纱江定了定神，便打开拉窗。

"妈！"

眼前的一切让纱江惊呆了。奇怪的景象，让纱江一时喘不上气。

母亲没在床上，地上铺着褥子，她穿着浴衣躺在上面。因为是夏夜，脚的部分裹着一条薄毯子。

让纱江震惊的是母亲浴衣大开，露出萎缩下垂的乳房，而怀里紧紧抱着白瓷壶，装俊骨灰的白瓷壶。

"妈，你这是在干什么？"

听到女儿的声音，松代丝毫没有惊慌失措的样子，慢腾腾地站起来了。

"我想把俊哄睡了。"

"妈，你坚强点！俊已经死了，你明不明白？俊此刻正在天堂睡觉，他不会在这里的。"

"才不是。俊永远都在这里。我昨晚太累了，所以早早进了被窝，一会儿就睡着了。然后，俊就来到我枕边，把我叫起来，说：'外婆，我疼。疼得睡不着。'然后我就对他说：'赶紧过来，外婆抱着你睡。'他就过来了。就这样我唱着他小时候的摇篮曲，我们一起睡……"

"可是，妈，俊现在在没有疼痛的天堂，有天神抱着他睡。你知道吗？他的魂魄现在很幸福。来，我们把壶放回去，等天亮了给他做些好吃的供品。"

很意外地，松代乖乖把壶给了她，嘴角弯出一丝微笑。

"纱江，你一脸的担忧，是担心妈妈的脑子出问题了吧？"

"嗯，深更半夜的，您抱着骨灰在唱歌……"

"是啊！没事儿，你不用担心。我的头脑很清醒。只是今夜，我想把俊留在身边。从火葬到装骨灰，都是悠一郎一个人做的，我只能远远看着，一直没机会和俊说说话。"

"……"

"今晚我睡得迷迷糊糊时，俊出现在梦里。我真想把他留在身边，哪怕就一晚上，所以就抱起俊的骨灰，想和他一起睡。渐渐地，我就感觉像在抱着小时候的俊，不知不觉唱起摇篮曲。这就是你刚看到的情景，我声音太大了，对不起。"

"没什么，我睡了七个多钟头，然后自然醒了，并非被您吵起来的。不过摇篮曲倒是很久没听过了……那，我现在把壶放回去了？"

"嗯，放回去吧！"

"这还不到四点呢！您再睡会儿吧？"

"嗯，你帮我把灯关了吧！"

"好，晚安，妈。"

"晚安。"

纱江走到起居室，将骨灰壶放了回去。重新点了香，双手合十，盯着骨灰壶。

恐怕母亲是真的梦到俊了，梦中的俊说疼得睡不着，也可以解释。俊死得那么惨，母亲沉浸于此，所以做了这样的梦，没什么大惊小怪的。

但是，和母亲比起来，从出事至今，自己一沾床便睡，睡得如烂泥般，从来没梦见俊。真是令人惭愧，首先，应该对俊说声对不起。

说起来，她还没去过事故现场。俊在痛苦中死去，自己应该去一次那个地方，和俊说说话，感受他当时的痛苦，愤怒，悲伤。这些作为亲人应该做的事，自己也没做。

葬礼结束并不意味着灵魂得到拯救。都说人死后会去天堂，俊却未必能去。恐怕俊的灵魂还在事故现场愤怒地指控给他带来厄运的男人，不断诅咒对方。

（对不起，是姐姐不好，天一亮，我就去看你。无论什么痛苦，都跟姐姐说说。然后，告诉我，是谁打破了你的画家梦，俊死前一定看到了他的脸。你长着一双画家的眼睛，一定能把那个人描绘得惟妙惟肖。姐姐现在很想知道这些，可惜警察那边什么消息也没有。就算警察抓不到他，姐姐也不会放弃，一定会找到他，抓住他！姐姐会拼命帮俊报仇的！）

纱江对着俊的骨灰，在心里狠狠说完，继而正襟危坐，点上蜡烛，看火苗左右摇摆，仿佛俊在很高兴地回应着自己。

纱江又点了几支香，此刻，睡意全无，精神饱满。她就这样坐到天亮。

早上，纱江开着车往志木温泉驶去。

她出门时对母亲说道："我去见一下俊的班主任，葬礼那天承蒙她照顾，去谢谢她。"

如果跟母亲说要去事故现场，她一定会跟着去，但若当真带她去了，她的心情一定久久不能平复。出事那天，母亲光是听到俊的死讯便猝然倒地。对于纱江来说，没什么比这样的偶发事件更吓人了。

路上经过一家新开的大型超市，她下车买了个冰淇淋，俊很喜欢吃冰淇淋。大夏天的下午，俊一滴水也没喝就那么死了。所以，买个冰淇淋去供他。

买了三球香草冰淇淋装到杯子里，走到门口时，注意到有卖花的。应该是附近种花的农民在店里租了一块地方，一个五十多岁的大妈站在那儿。花的种类不多，但是刚剪下来的，水灵灵的颜色吸引了纱江的目光。红玫瑰、白百合一样买了三支，包起来出了店门。

又开了一小时，到了老志木村的村口，现在已经是美岳市志木町了。从村口到志木温泉的路，纱江走过很多次，一点不担心会迷路。

中途分成两条路，由左边的路上坡以后是志木温泉，往右拐就是最近铺成的农道，两边都是水田，稻穗抽出很高了，随风摇曳。

纱江拐上了农道。前方"石佛之路"的牌子赫然在望，而立牌旁边正是石佛之路的入口。她到一块空地停下了车，走上农道，瞧了瞧四周环境。

比起自己此刻站的农道，两边的水田地势很低。从地形来看，自己站着的地方以前应该是个小山丘。农道就在山脊部分，两边的水田是长年累月开垦出来的，为了引水灌溉，必须平整土地，所以两边地势低洼平整。就这样，父传子、子传孙，世世代代不遗余力地开垦着。——纱江能有这样的感受，是因为自己也是生在农村、长在农村的，对这种生活很熟悉。

纱江走上堤坝。堤坝斜坡的下方，一座圆粗木做地桩、铁皮屋顶的小矮屋映入眼帘。

纱江侧着身子，顺着杂草丛生的堤坝慢慢下去。看来，今天穿了裤子和橡胶底帆布鞋是个正确的决定。

因为这个小屋是用来防雨挡雪的，所以只有屋顶和四壁，并没有任何粉刷，里面也一目了然，捆好的秸秆、长柄镰刀、扫帚等农具，鼓鼓的麻袋里不知装了什么，还有几个结实的木箱子。

警察以前说过，箱子里装满了牛粪肥料，俊小小的身体就是撞到箱子角上，才把头撞破了。

头被撞破的俊，流了很多血。是南原谦也发现了他，把自己的衬衫撕了，给俊包扎的伤口。

是哪个箱子把俊的头撞破的？上面还有血迹吗？纱江逐个箱子看去，仔细看了一圈也没发现哪个箱子上有血迹。她又看了看圆木地桩和屋里的东西，也没发现哪里有血迹，恐怕屋主把血污都洗干净了。

　　纱江在屋前选了个地方解开包花纸，把花放到地上。地上是茂盛的杂草，大朵的百合、鲜红的玫瑰就像草里长出来的，很自然地融入其中。她又拿出装冰淇淋的杯子，放在屋檐下的阴凉处。纱江跪在杂草中，双手合十，闭上眼睛。

　　俊就死在这里。不，不是死在这里，是被撞死在这里。美岳市警署的警察说过，开车的司机当时没有杀人动机，属于过失杀人，所以和普通的杀人罪不同，会判得很轻。

　　俊这件事的肇事者逃跑了，又犯了被保护者遗弃罪，但是就算两罪并罚，也不会被判死刑。

　　结束俊十二岁生命的人，如果是个二十多岁的男性，那他还能活五六十年。夺走一个少年生命的人，如今不知在何方逍遥法外。无法原谅！真想设法把俊曾经的恐惧、痛苦、悲伤变本加厉地加之于他身上，让他感受一下啊！

　　可是，该怎样做呢？纱江自己也不知道怎么回答这问题。她连那男人是谁、在哪儿都不知道。

　　眼镜男、开白色货车的男人。只有这两条线索，还是南原谦也说的，不是警察确认过的事实。就凭这两点线索，警察能抓到吗？

　　纱江想起女警察将她送回旅馆那天，在车上偶然说过的几句话。

"就我的经验来看，撞人案件一般有两种破案方法。第一，肇事者本人来自首。尤其是把人撞死的情况下，很多人因为当时的恐惧而逃逸，但是，通常两三天过后，感觉身心俱疲，受不了良心的折磨。他们会不时梦到被害者站到枕边，为了逃离这样的折磨，便来自首。这样的案例出乎意料的多。"

"……"

"还有一种情况，现场留下了证据。比如，车胎的压痕、现场有肇事车的玻璃碎片、被害者身上沾了车体涂料等等，司法鉴定系就以此为线索，推测车的种类，然后去专卖店对购买者进行排查。有的肇事者是这样被查出来的，这是司法鉴定的成功。实际上，这样查才像警察该做的事，不过……这次，恐怕不能这样查了……"

"为什么？"纱江记得自己这样问过。

女警答道："因为下了阵雨。"

那天的阵雨虽然下了极短的时间，但是，车胎痕什么的都冲干净了。

"而且，"女警好像有点难以启齿，"南原先生之前在那一带来回走动，把肇事者的脚印踩没了，而且他又动过受害人，所以无法进行证据采集，司法鉴定的人也束手无策。"

纱江觉得南原触摸甚至搬动俊的身体，无非是要止血和避免淋雨。在现场和农道之间来回走动，是要截住过往车辆报警。她觉得这些举动都是善意的，而听女警的话音则有些责备意味。同时，纱江也听出来了，女警察话里话外透露着一个信息：这次的案件不容易破。

"但是，姐姐不会放弃的。"纱江爬着杂草丛生的堤坝，低喃，"姐姐在此发誓：撞死俊的那个家伙，我一定让他血债血偿。所以，你要给我力量哦！"

纱江爬上堤坝回到农道上，打算再看看俊死前画的那尊地藏，然后回家。

她走回"石佛之路"的立牌旁。夏天炙热的阳光照在车顶上，不过，这里没有可以遮阴的地方。

眼前的堤坝上长满茅草，中间出现一条细细的坡路，生生地将堤坝割裂，向里延伸着。这就是"石佛之路"吧！

往里看去，路的两侧都是树，其中有笔直的银杏树、伞状的松树。一看就是自然生长的，而非人工栽种的。以前，这里应该算一座宝山了，有各种各样的杂树，肯定经常有人上来砍柴火。如今，它被完全荒废了，两边的树就这样自由生长，枝繁叶茂，在阳光的照射下，一片绿意盈盈的景象。

这条细坡路叫"石佛之路"，其实，两侧并没几尊石佛。顺着这条路走几百米有一个村子，那一带的路比较平坦，石佛也非常多。

纱江往里走了几步，据说在路的右侧有一小块空地，那里立着一尊石佛。俊就是以此做绘画素材。

天气炎热，万里无云，太阳照得地上明晃晃的，连青草都散发着热气，纱江走了七八米远，就觉得酷热难当，出了一身汗。

她一下子就看到了那块空地。如果以榻榻米房间为准来测量的话，大概有十张榻榻米那么大。如同俊描述的那样，空地的凹处立着一尊石佛。

这一带杂树丛生，为什么单单在石佛背后长着竹子呢？一看就是人为种植的，可能是为了采竹笋吧！一阵微风吹来，竹叶沙拉沙拉地随风摆动着，总算有点凉爽的感觉了。

纱江走到空地，空间狭小，但是四周没长什么高大树木，从这里往下看长满草的堤坝，看堤坝下面的水田一目了然。

纱江深吸一口气，环顾着四周，突然，她低呼一声，眼前的景象让她着实吃了一惊，她目光怔怔，眼睛一眨不眨。

那是她刚才在事故现场供上的白百合和红玫瑰，放在堤坝上的杂草中，色泽鲜艳分明。原来，这块空地离事故现场这么近。本来以为，堤坝上茅草丛生，自己压根儿看不到周围的景象，而且，光看那些高大的松树和银杏，也会觉得石佛之路在茂密的深林中。没想到，几米高的坡道上，就有这样一块视野开阔的空地。

纱江在当代女性中算是比较矮的了，只有一百五十五厘米。即便如此，眼前也没有任何东西可以遮挡她的视线。她又往前走了几步，来到空地边上，从那里俯视，农道、广阔的水田、夺去俊生命的小屋，一切都尽收眼底！

但是，真正让她吃惊的不是眼前的风景，而是土田警官当时的话。二者在脑海里重叠，她意识到自己发现了一条很重要的线索。

第一个发现俊被车撞了的人是南原谦也，打110报警的也是他。

而且，他说事故发生时，他正在纱江此时站的位置，对着眼前的地藏调镜头。

那时，俊迫于对雷声的恐惧，知道附近没有人家，打算赶紧回旅馆，所以顺着石佛之路往下跑，冲上了农道。正在那时，农道上一辆车疾驰而来，从俊背后撞了过来。

从石佛之路的入口到俊被撞的地方，约有十米远。农道笔直，视野开阔，当时司机如果注意看路了，就会发现俊，然后或是按喇叭、或是减速，总有方法可以避免碰撞。难道司机当时在看别的地方？或者被别的事情吸引住了？

据说他撞到人之后，慌忙地踩了刹车。农道很安静，突然刹车的声音会很尖锐，南原也曾对土田警官说过，他听到了刹车声。那么，他当时没有反射性地看一眼吗？如果他立刻转头，车型和颜色，他都能看得清清楚楚。

然而，从南原先生的话中可以看出，他没有这样做。他依旧对着地藏石佛调焦，没转过身看一眼。怎么听都觉得不可思议。

还有一点奇怪的地方。

据南原说，尖锐的刹车声之后，听到一个男人的声音："啊，怎么回事？坚强点！"那时，他立马反应到有人出了车祸，所以只拍了一张就顺着石佛之路跑下来了，这时车都跑远了，只能依稀看到一个白色车顶。这些都是土田警官转述给她听的。

当纱江站到这里时，她觉得南原的话有很多疑点，难以相信。

南原听到的那句："啊，怎么回事？坚强点！"明显是肇事者本人说的，他面对倒在地上的俊语无伦次，是在紧急状况下喊出来的。一般人听到会吃一惊，很自然地就顺着声音的方向看过去了。

这个时候，南原只要稍微扫一眼，眼前的情景就一目了然。紧急停车后，车上下来一名男子，跑到小屋前，对着被撞倒在地的少年大声喊话。

就像纱江站在此处，能看清小屋前供着的白百合和红玫瑰一样，南原当时一定能看清肇事者的衣着，角度好的话，甚至能看到长相。如果他当时看了一眼的话……

但是，关于这些，南原一星半点也没提到。就好像他当时沉浸于拍照，对周围发生的一切都视若无睹，只专注于眼前的镜头。

这也是很不正常的一点。

看来南原的话信不得，纱江如是想到。

他对警察撒了谎，而且，纱江站在这里看着眼前的情景，立刻能看破其中的疑点，判断出他在撒谎，而南原本人好像完全没意识到这些。

为什么呢？他为什么没意识到自己话中的疑点呢？纱江想不明白。

难道出事时他不在拍照？也就是说，他根本不在这块高地上。

他或许是真对石佛感兴趣吧，所以曾来"石佛之路"将这尊地藏拍了下来。不过因为事情过去很久，所以不记得站在这里能看到周围的一切了。

正因如此，当他面对警察时，才没有完全胡编乱造，反而听来头头是道。

显然，南原出事时不在这里。那他当时在哪儿呢？他目击事故了吗？

纱江想到这里，忍不住想要大呼——南原当时就在现场！不对，根本就是他本人导演了这一切！

突如其来的想法让纱江的心颤抖了。一直以为是陪伴俊走到最后的恩人，竟然是夺取俊生命、又掩盖事实的罪犯！这看似离奇得难以想象，实际上，若把南原当犯人来考虑这件事，他以前不自然的语言和行为，就都有了可解释的理由。

可是，事故现场并没有车啊！如果是他和另一个人（暂且称之曰 X 吧）同乘一辆车呢？这个问题就能很容易地解决了。

不管是南原还是 X 撞了俊，总之，出事的瞬间，两人都吓坏了吧！

两人同时下车来到俊身边，看出来俊活不成了。怎么办呢？逃跑？两人首先想到的就是逃吧！但是，他们看着对方的脸，不约而同地摇了摇头。这时候阵雨还没下，刚才刹车的轮胎印还在路上。

恐怕车胎和 X 穿的鞋都很高级吧！两人深知日本有先进的司法鉴定技术和知识，不会漏过任何蛛丝马迹。两人很害怕这一点。更何况，这种高级车在日本为数不多。车体前方有划伤的痕迹，说不定涂料会沾在小孩的衣服上，所以不能就这样逃走。两人都这样寻思。

那么，马上叫救护车和警察来吗？然后就说小孩是突然跑出来的，想避开都来不及。因为是过失杀人，刑罚不会太重。但对他们来说，恐怕这样的麻烦会更大吧！换言之，南原和X在一起，或者南原和X坐了一辆车，这件事要是被某人发现，将会招来大祸。比起法律的惩罚，他们更害怕人生的彻底毁灭。

总之，不能让人发现他们在一起。那该怎么办呢？

首先，X开车逃跑，留下南原在现场，等X开车走远了，南原便想办法报警。这段时间内，他尽可能地破坏现场，然后对警察提供假证词，干扰抓捕。这是南原要做的事。

的确，南原将这件事做得很出色。而且，从天而降的阵雨帮了他一把，将车胎痕迹和脚印通通冲走了。他声称是为了俊止血而动了俊，实际上是确认俊身上没沾车体涂料。甚至可能为了加快流血，把俊的身体粗暴地动来动去。就像司法鉴定抱怨的那样，现场面目全非。

但是，无论纱江还是警察，都把这些当成南原的善意看待，非但没责备他，还对他心存感激。

他说，他听到一个男人的声音大喊："喂！怎么回事？振作点！"这明显是在引导思路，让大家认为肇事者是个男人。从这点可以推断出来，当天和南原在一起的X是女性。逃走的那个人一定是个女的。

另外，他还说，在水田对面的远处，看到一辆白色货车的车顶。这依旧是瞬间思维下说的谎话。所以说肇事车辆的颜色，是跟白色相反的黑色或红色，当然，也不会是货车，而是高级的轿车。

在夏天灼热的阳光照射下，纱江站在高地上，汗水顺着脖子流下来。她将随身携带的大白手帕顶在头上，但是，额头依然不断地渗出汗珠。可是，纱江觉得心里越来越冷了。

她想起警察给她看过的名片。参议院议员阵场利十郎的秘书，南原谦也。住址是上田市阵场利十郎事务所。恐怕是当地雇用的私人秘书吧！纱江当时将电话记在笔记本上。一直陪伴俊走到最后的恩人，自己应该以礼相待的人，竟然是让人憎恨不已的杀人凶手！

但是，这些都尚未确认。纱江离开高地，顺着坡路上了农道，若有所思。

她站在高处，确实看见了供奉给俊的白百合和红玫瑰，继而以此为线索进行推理，得出这些结论，却委实缺乏证据。

（那就去会会他吧！还有一件事，要见过他才能确认。）

纱江寻思着。要见他，都不用费心思找借口。俊的葬礼结束了，自己还一直没对恩人表示感谢呢！

她走到车旁，又一次对着俊丧命的小屋摆了摆手。

（姐姐还会来的。对你做这一切的那个人，姐姐一定让他血债血偿。从此，我会拼命努力，你要帮助姐姐哦！）

凉风徐徐吹来，水田的稻穗迎风而倒，杂草丛中的百合和玫瑰也摇曳着，这一切看起来就像俊在对纱江点头。

第五章

参议院议员阵场利十郎的事务所，位于上田市中心一街。八月一日，纱江给事务所打电话约南原谦也见面，这天正赶上是俊的头七。接电话的是个女职员，当她说到"找秘书南原"时，电话马上被人接走了。

"你好！我是南原，请问是哪位？"

"敝姓关川。突然给您打电话，冒昧了……"

"关川小姐？是后援会成员吧？"

"是这样的，一周以前，在志木温泉附近，发生了一起交通事故，我是死者的小姨……"

"啊，是那天……"

"是的，那天多亏您的帮助，我们一家非常感谢。应该早点儿登门致谢的，因为葬礼和后续工作，一直推迟到今天。现在头七都过了，我想代表家里人去拜访您，表达谢意。不知道您方不方便？"

"客气了，那种情况下，换谁都会这样做的，我不过做了一个普通人该做的事罢了……"

"可是，要不是您，那孩子一定会被雨淋湿的。而且，是您陪他走完人生的最后一程。警察把您的所作所为讲给我听，大家都非常感动。所以，请务必跟我见一面，让我当面致谢。"

"这样啊，我很理解您的心情，但我也没做什么，被这样感激真是觉得很不好意思，所以你们没必要特地再来了。啊，我这儿还有别的事，就这样吧……"

"啊，请等一会儿！喂？"纱江一听对方想挂电话，登时急了，可以理解对方不想聊这话题，不过自己得赶紧找别的借口，"喂？"

"还有别的事吗？"

"那个……当然，我此行是想表达谢意，不过今天之所以想见您，还因为昨晚我们接到一个神秘电话……"

"神秘电话？"

"嗯。我一接起电话，就听到一个男人问：'你是死于交通意外的那个孩子的家属吗？'我说是，他又问找到肇事者没有，我说警察那边还没消息。然后，我意识到他可能知道凶手的线索，就请求他告诉我……"

"那他说了什么？"

"他发出了几声怪笑……"纱江打住了话头。

沉默片刻。看来南原打消了挂电话的念头，很明显，此刻他正屏住呼吸，想听纱江往下说。

沉默了两秒、三秒……南原绷不住了，开口问道："那个人说什么了？仅仅是笑？"

"他说：'我什么都不知道，不过，当时有个人在现场，报警的人也是他。你问问警察，就知道他的名字了……'"

"然后呢？"

"然后我就对他说：'我知道那位先生是谁，我们很感谢他对俊的照顾，打算登门致谢。'那个人说：'那你就赶紧去吧！越早越好，他可是知道不少事情呢！'然后又怪笑了几声，把电话挂断了。"

　　"这个男人果然很奇怪。那天，我把知道的都告诉警察了，想必你也从警察那儿听说了。"

　　"是的。"

　　"所以，我只知道这么多，别的我不知道的，也不能瞎说啊！这个人特地给您打电话，真不知道他目的何在。"

　　"哦——可能是出于一片好心，让我知道您的存在吧！庄稼汉子，想说什么也说不清楚。"

　　"那倒未必。我感觉他对我有恶意，真是多管闲事。说不定是他在路上碰到警察，正好听到一言半语，想逗你们玩吧……也不对，那样做岂不太无聊了？关于那个人，你一点线索也没有吗？"

　　纱江从他的话音中察觉他内心纠结，不慌不忙地接道："虽然没什么确切线索，不过听口音像是当地百姓。没准儿意外发生的时候，他恰好在地里干活，也不知他在哪儿看到的，不过应该知道一些东西，所以……"

　　"不会的，不可能有目击者。我当时仔细确认过了，周围一个人也没有。"

　　他语气坚定。纱江也相信这一点，正因为没有目击者，同行的女人才可以驾车逃走，留下南原在现场，上演一出目击现场、报警、照顾被害者的戏码。

"总之，"南原说，"就算你信了那人的话，来这里找到我，我也没什么好告诉你的。"

"我知道，可我并不是因为神秘电话才来的。警察那边儿也说过，让我一定当面致谢……"

"啊，是警察这样说的啊？"

"嗯，"纱江若无其事，"这难道不是理所当然的吗？您照顾我们家的孩子，直至最后一刻，不当面说上一两句感谢的话，我们无法安心。五分钟也好，十分钟也行，不会耽误您很久的。我正在路上，请一定见我一面……"

"都上路了啊？请回去吧！真不知道怎么办才好。我真的不方便在这里接待您……"

"可是，我不知道您别的住址……"

"这里是——阵场先生……你知道吧？参议院议员阵场先生。这里是他的事务所，我不能在这儿处理私人的事，而且，这里人来人往，也不是说话的地方。"

"啊，那怎么办？警察只告诉过我这个地方。他们说我去那儿就能见到你，让我一定去一趟……"

南原想尽借口推脱纱江的来访，可见他有多不情愿，不想再提起那天的事故。可纱江一定要去，所以一再提到警察。本来是灵机一动提了一下，没想到对他这么有效。

"那你实在要来的话，就去我的公寓吧！"

南原把公寓地址告诉纱江，约定时间为晚上八点，并一再强调：谈话时候越短越好。

就这样，纱江获得了见面的机会。

南原谦也的公寓位于城址公园附近，是一座新建的六层白色公寓。这一带叫大手町，而纱江毕业于上田市女子高中，城址公园去了不下几十次，一听到町名就知道是哪块地方了。

天正十一年（1583 年），真田昌幸为了加强对东信州的统治，完善了上田城这个根据地。此地北靠太郎山，东临段丘，南有急湍，着实是筑城的好地方。

公园里种着很多樱花树，一到四月，园里的赏樱游人摩肩接踵。

本来这里只是个平原城堡，如今还保留着三座塔楼，所以被列为历史古迹，周围扩建了很多基础设施。南原的公寓位于大手町，因为古代的大手门（城池的正门）建在这里，如今便叫大手町了。

南原约定的时间为晚上八点，但是纱江早早地出门了。六点半多的时候，她把车泊在了上田车站附近的超市停车场。

她买了二十张一千元的超市购物券，放在礼品盒里，便签上写着：谢礼。打算送给南原，这个事先跟母亲说过了。

纱江看了看表，六点五十。时间还很充裕，便坐电梯来到顶层，她知道上面有咖啡馆和餐厅。

虽然到了吃饭的时间，但客人并不多。她选了窗子旁的一张桌子坐了下来，点了一杯雪顶咖啡。

接下来的会面，自己恐怕要扮演深受打击、悲痛欲绝的家属形象了。一定不能让对方起疑心。

纱江一边喝着冰凉的咖啡，一边在脑海里把计划重新思索了一遍。

首先，是打到家里来的"神秘电话"。

纱江料到南原会拒绝会面，便事先想好了这个借口。

出事后，南原应该和同车的人（估计是女性）在一起，他们谨慎地观察了周围环境，确认没有目击者。幸好，周围一个人影也没有。所以，他们就筹划了一个人离开，一个人留下扮演目击者的假象。

他自认为这个计划很完美，就连警察都相信了。所有的事情都按照他的预期发展，一个重要的前提就是——现场没有目击者。

纱江编出"打神秘电话的男人"一说，打破南原的自我满足，突破了他的心里城墙，成功地动摇了他。

可能真有个目击者。如今，对南原来说，这是最让人不安的因素了。所以，今晚会面的重点话题应该是"打神秘电话的男人"。不管他问出怎样的问题，自己事先把答案想好，不能让他觉察出这是瞎编的。

纱江咔嘣咔嘣地咬着杯子里浮着的小碎冰，同时，大脑里飞速地运转着，把想好的回答又重新过滤一遍。没问题，一点疏漏也没有。

她偷偷地自我满足一下。无论怎样，这个"神秘电话男"应该好好利用一下，能用到的地方还很多。然后，再让他以"目击者"的身份出现，将南原逼入绝境，煽起他的恐惧心理。

不过，纱江转念一想，自己已然把南原谦也当成肇事者了。虽说百分之九十是他，但不能一口咬定，万一不是呢？这种不确定让纱江心里一阵不安。说不定南原真的对地藏感兴趣，完全沉浸在拍照中，压根儿没往现场看。

如果这些推理全是错的，那她不就是恩将仇报，做了无法挽回的错事？真让人为难。不过，只要今晚能见到他，确定一些事情，所有疑问便将迎刃而解。

一些事——纱江猜到的，连警察都没发现的事。南原会如何回答这些事呢？今晚的会面，她最大的目的就是搞清楚这些。

一定不能让对方有戒心。她就装作没考虑过，用若无其事的语气引导他吧！

怎么装呢？关于这点，纱江深思熟虑过。只要不慌不忙，沉着冷静，一定能顺利问出。

她又看了看表。七点四十了，该出发了。

纱江启动了车，望向窗外。街上笼罩着薄薄的夜色，到处都是霓虹灯。一辆汽车的车尾灯闪烁着，渐渐融入夜景，向目的地疾驰而去。

七点五十五分，纱江来到南原的公寓，公寓名叫"上田城"。一座白色建筑，在暮色中静静耸立着，给人以沉稳厚重之感，称作"城"再合适不过了。

　　之前约定见面时，南原就将房间号告诉了她。纱江乘电梯来到三楼，在三〇八号房间门外站定，按了门铃。此时正好是晚上八点。

　　南原将她带到一个西式房间，约八榻榻米大，墙上是一个固定的装饰架，另一面墙的上方挂着一块匾，里面是阵场的照片，照片旁边题着"至诚"两个大字，落款也是阵场。房间正中摆着一张木制的圆桌，周围一圈四脚沙发。

　　"请坐。"南原指指沙发，坐了下来。

　　"谢谢。"纱江并没坐下，而是先把带来的礼品盒放到桌上，"初次见面，请多关照。我是之前打电话的关川纱江。"说完郑重地鞠了一躬。

　　南原问道："你是那孩子的妈妈吧？"

　　"不，他是我姐姐的孩子。"

　　"这样啊！我就说你怎么会这么年轻呢！那……孩子的母亲呢？"

"孩子三岁那年，我姐姐去世了。孩子出生那年，姐姐就离婚了，所以，是我和妈妈把他养大的……"

"唉！真是个可怜的孩子。幼年丧母，又没见过父亲，好不容易长这么大了，又发生车祸，丢了性命。一想到你们此刻的心情，我真不知道说什么安慰你……"

"非常感谢。"纱江就那样站着，又鞠了一躬。

"但是，那孩子在生命的最后时分，受到您的贴心呵护。那天，接到警方的消息，我马上赶到美岳市警署，了解了整件事的前因后果，您舍己为人的精神、怕俊被淋湿的善心、为了止血撕破自己衣服的无私，让我们感动不已，所以，我今天特地登门致谢。"

"别这么说，当时的情况，我虽然尽了全力，可惜没什么实质作用……"

"您无须介怀。葬礼那天，我们把您的事儿说给大家听，亲戚们都交口称赞，我母亲感激涕零，她说：'南原先生的恩情，毕生难忘！'"

"不敢当，我只是做了普通人都会做的事。"南原似乎有点害羞，跷着二郎腿，手抚下巴，一副很紧张的样子。

首先，夸大其词地赞誉对方，让他充分感受到自己的感激之情，从而放下警惕。这都是纱江事先计划好的。

"我也不多说什么了，一点薄礼，不成敬意，请您务必笑纳。"

纱江把圆桌上的礼品盒往南原那儿推了推。

"别，别，我怎么受得起……"

"没什么，只是一点小心意。为了孩子，您把自己的衬衫都撕了……这只是一点补偿……不,这实在算不了什么。但是,是我们的一片真心,请收下。"

借着把礼品盒推到南原眼前之机,纱江坐了下来,真正的较量才刚刚开始。

"这样啊!既然是你们的一片心意,我就却之不恭了。"

纱江看到南原收下礼品,轻轻地鞠了一躬。

"谢谢。本来母亲想跟我一同前来,可是,从昨天起身体不适,卧病在床。她叮嘱我,见到南原先生,一定问问那孩子死前的模样……"

"死前的模样?"

"是啊!自家外孙,难免操心。她想问问您,俊临死前,有没有挣扎着跟您说哪里痛?还是连说话的力气都没有了,就那样流着泪死去了?"

"哦,关于这个,我都对警察说过了……当我看到那孩子的时候……那个……等会儿。失陪一会儿……"

南原一脸惴惴不安的样子,突然站起来,打开另一间房门走了进去,一会儿出来了,手里拿着两罐啤酒。原来是去了旁边的厨房。

"请。"他把其中一罐放在纱江面前,自己熟练地打开另一罐,咕咚咕咚地喝了一半,然后长长地吐了口气,"可以的话,你也喝点吧!"

纱江轻轻地摇了摇头,"我不会喝酒……"

"这样啊!可是,我也没准备别的冷饮……"

"您不用费心了……我们继续吧,那孩子的死状很凄惨吧?"

"没有啊！他被车撞了之后，就失去意识了。"

"那您是说，孩子当场死亡了吗……"

"嗯，我认为很可能是这样。"

"可是，之前听警方说，那孩子死前跟您说了一些话……"

"说了什么话？警察是怎么告诉你的？"

"嗯，他说撞他的是个戴眼镜的男人……"

"噢，这个啊，是，我对警察说过这个。我对警察……简言之，实际上……"他又拿起啤酒，一仰头把剩下的喝光，长长地呼出一口气，语气又归平静，"虽说鉴定是当场死亡，但是他不久又恢复了一点儿意识。我跑到他身边时，那孩子睁开眼看到了我。他满脸都是血，我就大喊：支持住！振作点！"

"那孩子当时没有求您救他吗？或者让您打急救电话？"

"这个……他当时想说什么来着，不过……唉！"

"关于肇事者是个眼镜男的线索，是什么时候告诉您的？"

"这个……"

南原思索着，伸手拿过纱江面前的那罐，慌不迭地打开拉环喝了一口。他可真爱喝酒，不过这种喝法，倒像是借着流下去的啤酒压制内心的不安。

"事故现场很凄惨呢，那孩子的血到处都是，惨不忍睹。当时那种情况，我到底说了些什么，现在基本不记得了。我只记得我说：坚强点！是谁干的？这时，孩子便睁开眼盯着我的脸，我知道他还有意识，就追问是谁撞了他。"

南原说完这句，又喝了一口，抬手看了看表。这是在下逐客令吧！

纱江假装什么也没看到，暗想不能再浪费时间了。她真正想确认的事情，是在接下来的一问一答之中。

　　"这么说，当南原先生问'是谁撞了他'时，那孩子说，是被戴眼镜的男人撞了……"

　　"不是，他的回答很简略，实际上只说了'眼镜男'……说不定只说了个'眼镜'吧，就那一瞬间的事，细节我真记不清了。但是，我当时对警方说得很详细。"

　　"哦，那孩子只留下这么点儿遗言？"

　　"是啊！不过，还真是个坚强的孩子，受了那么重的伤，还能坚持说话。一定是拼了最后一点气力，我也很感动，对他说：'警察这就来，一定会逮捕那个家伙，你挺住啊！'可惜话音刚落，他就闭了眼，再没醒来——"

　　"说起'眼镜'……那孩子是看着您的脸说出来的吗？"

　　"是啊！他很明显地把目光移到我脸上。"

　　"刚才您说，他是拼着最后一点力气，说了'眼镜……'，您当时听得很清楚是吧？他当时那么痛苦，也没组织语言，也没经过思索，很利索地说了这句话……"

　　"嗯，所以我很感动。我以前读过几本书，知道这样一个故事。登堂入室的男贼被主人发现了，于是连砍主人几刀，逃走了。不用说，主人身负重伤，奄奄一息。闻讯赶来的警察问他：'坚强点！你认识犯人吗？'主人睁开眼，挣扎着把犯人的名字告诉警察，说完便一命呜呼了。他就是撑着最后一口气，有时候，人的意志是可以创造奇迹的。出事儿那天，我跟司法鉴定人员讲了孩子死前的坚强，大家听了都很感动。他们说，这样的案例虽然不多，但的确存在——身受重伤的人在临死前留下线索，为破案提供了极大的便利。为了死去的孩子，他们一定会抓到肇事者。我一直以为，这件事很快就能解决。"

仿佛突然之间，南原变得能说会道。说话中间，他一口一口呷着啤酒。不知不觉，喝了两罐。

"多谢了。您刚才说的话，我一定会转达给母亲，让她能安心养病。那我该走了。"纱江说着站了起来。

这时，南原开口了："请稍等一会儿，我也有几个问题。"

"您请说。"

"之前，你说接到了一个神秘电话？"

"是的。"

"那个人说，他看到我在事故现场？"

"是的，他跟我说：'有个人在现场，报警的人也是他。你问问警察，就知道他的名字了。'"

"嗯？那么说他也在现场了？他亲眼看到事故发生……"

"没有，他没这么说过，只是说：'现场有个人，他知道很多东西，你问问那个人吧！'"

"奇怪啊！如果他在现场，我看到的他也能看到，我知道的他也都知道，为什么他不直接告诉你呢？"

"是啊！我当时也是这么说的：'如果您知道什么，请告诉我。至少告诉我肇事者是个怎样的人？开着什么样儿的车……'"

"那他是怎么说的？"

"他没说，我接着对他说：'您一定知道什么，不告诉我也行，可以跟警察说说吗？求求你了……'但是，他拒绝了。"

"他什么也没说吗？"

"他说：'老子一向跟警察合不来，跟他们没什么好说的！'"

这也是纱江提前想好的说法。这么说为了让南原觉得，"电话男"的性格有点怪异。同时，也可以让南原放下心来。

"我明白了。他一定有过前科，怨恨警察，而且最近说不定又犯了什么事，正在逃窜中。所以，关川小姐大可不必相信他的话，最好别再接他的电话。"

"我也有同感，恐怕那人当时就不在现场。可是，为什么打这样的电话呢？"

"说不定是个跟踪狂，觉得你长得好看或者很有魅力吧！"

"不会吧……"

"总之你多注意吧！一定不要再接他的电话了。"

"好的，多谢关心，那我就先走了。"

纱江站了起来，又客气一番，这才离开。

夜里的风凉丝丝的，纱江大口地呼吸着这种属于夜的凉气。她回头看着夜色里鸦雀无声的公寓，深深点头。

这下就对了。该问的都问了。现在，她完全肯定了之前的假想，这次的来访还是很成功的。事故当天，南原对警察说的都是谎话！就是他，还有一个女人，两人同乘一辆车把俊撞死的！

南原之所以要帮那女人逃走，皆因他们之间有着不可告人的关系！如果两人的关系被公开，后果会比交通肇事更恐怖，令她想起来就不寒而栗，所以就听从了南原的安排。

南原谦也是凶手，还有个身份不明的女人。今天，她不断逼问南原，直到把他逼入痛苦的旋涡，相信那女人也不会好过。那女人将会间接感受到这种痛苦，她余下的人生必将悲苦万分。

纱江知晓了南原谦也的罪行，但是，该给他怎样的惩罚呢？

给他一条活路，让他的后半生都活在痛苦中？抑或直接给他判死刑，就像他当初对俊那样？此时此刻，南原的生死，都掌握在纱江手中。

纱江开着车在夜路中疾驰而去。出了上田市，灯光渐黯，途经一段山路，两边都是茂密的丛林，穿过这片阴暗地，远远地看到村子里的灯光，星星点点连成一片，又开了一会儿，终于到有路灯的地方了。

纱江松了口气，车速降下来。可算是回到村里了。漫长而紧张的一天……估计自己接下来很长时间都会有这样的感觉吧！没准这辈子都这样了。

纱江觉得这样倒也不错。

本来，事情的起因是自己带俊去了志木温泉，然后，爱好画画的俊四处游荡，发现了石佛之路，当俊谈起育子地藏时，自己也从没想过去看一眼。那天，眼看要下雨了，自以为是地认为俊会找到地方避雨，丝毫没为他担心，因此没去接他。

但这都不是直接原因，俊之所以命丧黄泉，是因为身后那辆高速行驶的车！

那天去现场确认过——"石佛之路"与农道交叉，出事地点距离交叉口有十米远。

那条农道笔直，视野开阔，司机但凡注意看路，就会发现前面跑着的俊，马上踩下刹车，就能避免事故。而且，考虑到大型耕作机的来往，农道修得相当宽阔。这样宽阔的马路，只要司机稍微注意，就能从俊旁边绕过去。

开车的人一定是南原谦也，而副驾上坐着一个女人。他们觉得一路空旷，便肆无忌惮地说说笑笑，甚至动手动脚，旁若无人地飙车。

说时迟那时快，出事了。这样说来，南原和杀人犯有什么区别呢？俊死于他的野蛮驾驶。事情就是这样。

前几天，当纱江站到地藏前面时，就觉得南原跟警察撒了谎，当时只是心存怀疑。今晚的会面之后，一点疑虑都没了。

穿过榉树路，纱江到家了。这条路的入口有座寺庙叫天玄寺，路两侧都是有三百年树龄的老榉树。不知什么时候起，町中心的这条路有了名字，叫榉树路。

纱江在门口停了车。今晚，家门口的灯开着，投下柔和的光。纱江很感动，看来母亲一直在家里等她。

她把车泊到院子时，做了个决定。不能把南原谦也的事全说出来。不管是母亲还是外人，自己的想法暂时不能公之于众。她也不知道自己将来会做出什么事，如果她做的事违反了道德，甚至触犯法律的话……被世人唾弃也好，被法律追究也好，都由她一人承担，绝不能连累母亲和姐姐等人。

纱江打开家门，换上一副轻松愉快的语调，说道："妈！我回来了。"

母亲马上探出头来说道："可回来了！这么晚了，真让人操心。"

"我在南原先生家喝了会儿茶，顺便聊了聊，说了些客气话。妈，晚饭呢？"

"我也没吃，就等你回来了。"

"太好了。肚子都咕咕叫了，咱开饭吧？"

纱江看着母亲转身进了厨房，今晚的母亲看起来格外矮小。如今，家里只剩下她们母女二人相依为命了。

（对不起，妈。）

为了俊，她决定跟南原谦也对抗到底，如今不能把真相告诉母亲，所以感觉像是背叛了她。但是，母亲总有一天会了解她的苦心吧！纱江自我安慰着。

是夜，纱江躺在床上，翻来覆去。黑暗中，她的眼睛一闪一闪，脑海里不断回放着南原的话。

此次会面的主要目的，是想知道俊临死前说过的话。不过，她不能让对方觉察到这一点，只能小心翼翼地诱导南原。

提到这个话题，南原明显不悦，一副不想多说的样子。试想，他碰巧在现场，第一个发现受害者，对其提供帮助并报了警，这是见义勇为的行为。聊起这个话题，他应该津津乐道，给人一种骄傲自豪的感觉才对。

（可是，他什么也没说，只好自己开口问他。我母亲想问问俊死前是什么模样？他有没有说哪里痛？哪里不舒服？还是根本没力气说话，就哀哀地死了？这时，南原突然脸色一变。是的，此刻他心神不定，无法沉着应对。）

这样的忐忑不已可以理解，人是他撞死的，他怎么亲口说出那种惨状呢？

所以，他吞吞吐吐："哦，关于这个，我都对警察说过了……总之……"真是不知所谓。然后，慌忙站起来去了旁边的房间，拿出两罐啤酒，一罐放到纱江面前，自己打开另一罐，咕咚咕咚喝了下去。

他在平常生活中，就是靠啤酒来压制兴奋或激情吧！纱江在旁边静静地看着。

后来，南原又小口小口喝着，情绪果然平复不少。纱江一直无法确定的三点，此时也都找到了答案。

（一）南原对俊大喊："哎！坚强点！是谁干的？"俊说了"眼镜男"或者"眼镜……"

（二）面对南原的询问，俊回答得很利索。

（三）那时的俊意识清晰，他是看着南原的脸回答的。

纱江巧妙地诱导南原，说出了她想知道的东西，此时，她全身的血液都在叫嚣："果然啊！这个凶手！"

他描述俊临死前的样子，都是在胡编乱造。

他的话，通通都是假的！而这个世上，除了她恐怕再没人知道这些了。

因为俊的一些生理特征，只有母亲、志保和自己了解。

俊天生口吃，三岁时尤其严重。因为三岁的孩子对外界的了解、学会的词语急剧增加，开始用语言和周围的人交流。

虽然口齿不清，但是孩子极力地用语言来表达自己的意思。所以，三岁这个时期，对孩子的语言发展至关重要。

美登因急性白血病去世那年，俊刚好三岁。俊刚学会说话时，每当带他去医院看妈妈，他都非常开心，咿咿呀呀地和母亲交流，那时美登的病情还不是很严重，她总笑眯眯地陪俊说话。

然而，有一天，纱江听姐姐这样说："纱江啊，你没有觉得这孩子说话很奇怪？"

"怎么奇怪了？"

"是不是 stutter？"

"stutter？英语吗？"

"嗯，就是口吃的意思……"

"俊是口吃？不会吧！他才两岁多，刚学会说话，当然不会说得那么流利啦！"

"也是，要是口吃的话，应该跟遗传有关系吧……"

"遗传？我们关川家没这个病吧？爷爷要是口吃的话，咱妈也会知道。但是，你听妈妈提起过吗？"

"没有。"

"那就是说，俊的爸爸那边……"

"好啦！不说这个了。"

不经意间，美登流露出严肃的表情，纱江也赶紧噤了声。如今，纱江又想起这段陈年往事，不免怀疑——俊的父亲不会是个口吃吧？

过了几个月，姐姐去了另一个世界。如姐姐所料，俊果然是个口吃儿。等他三岁生日时，这个症状变得很明显。

对了，这"口吃"都有什么症状呢？

一般来讲，无法说出一句流利的话，比如，每当要说一句话或说到中间时，重复或拉长其中一个音节，这种障碍导致会话无法流畅进行，这个人就被称作口吃。不过，这不是标准定义，口吃的症状因人而异。

口吃患者以男性居多。口吃男童与女童的比例为3:1到5:1，而成人口吃者的男女比例上升为6:1到10:1。总体来说，女性患口吃的概率很小。

每个国家都有口吃患者，但是只占总人口的0.7%。也就是，对于一个有一亿人口的国家来说，口吃患者大约有七十万。（此数据并非精确统计。）

这些人为什么会口吃呢？很早之前，就有学者对这个问题进行了研究。医生、语言学家、心理学家……他们各自提出了自己领域的学说，并得到一时承认，但最终证明，这些都是假说而已，真正的原因至今未探明。

不过，在研究过程中，还是有很多发现的。

（一）口吃患者在自言自语或者独自朗读时，很少会口吃，与正常人无异。

（二）同样一句话，面对不同的听众或在不同的场合下说，也有差别，有时口吃有时不口吃。引发此现象的原因不明。

（三）和他人一起朗诵或合唱时，不会口吃。没有外人时，独自唱歌也不会口吃。

（四）有一些特定音节，这个音节又是某个单词的初始发音（初声音）时，患者就会重复这个音节，这被称为惯性口吃。比如，有的患者不会发"ma"这个音，碰到"makura"（枕头）这样的单词时就读不出来。首先，他会痛苦地发出"wo-wo-wo"的音节，然后，不断重复"ma、ma、ma、ma"，最终才能进出"ma、ku、ra"的发音。

（五）正常人发出"ma"的音时，轻松自若。而对"ma"敏感的口吃患者发这个音时，或屏住呼吸或大口喘气、嘴唇颤抖、面目扭曲、不时地弯弯指头、抖抖腿，好不容易才能说出来。口吃患者不自觉地、反射性地呈现出来的过度紧张，被称作伴随症状。

（六）伴随症状可以体现口吃的严重程度。口吃严重时，患者无法表达，伴随症状随之加剧。口吃患者因此而着急、生气，与他人交流时也心怀恐惧。这些都会造成自身的欲求不满，有的少年患者因此而拒绝上学。

为什么会口吃呢？患者和父母都没有责任，病发原因也不明。不过，口吃只发生在特定人群中。

口吃患者被外界好奇的目光审视，有的甚至充满侮辱和嘲笑。其中的痛苦、烦闷、屈辱不足为外人道，只有自己和家人默默承受。

俊是姐姐留下的孩子，当纱江发现自己唯一的外甥口吃时，特别重视。为了纠正这个习惯，她比谁都认真，和俊一起与口吃作斗争。

美登病情急剧恶化时，她对纱江说："以后别带俊来看我了。"她知道自己时日不多了。

虽然美登漂亮又聪明，但是那时，她被病魔纠缠，极速衰弱，她不想给孩子留下这样的记忆吧！而俊作为一个口吃儿，从幼儿园到小学，经历过哪些烦恼和痛苦，美登也无从得知了。

美登知道自己没有康复的那天了，话里话外都是年迈的母亲和俊的将来。

"你看我身体这个样子，即使身为长女，也不能为关川家做什么了。志保又嫁出去了，现在能照顾母亲和俊的就只有你了，纱江。对不起，把这样重担撂到你身上……"

美登说完，给纱江鞠了一躬。对于纱江来说，姐姐就像无法企及的光辉，她这一躬是把母亲和俊的将来托付给了自己。虽然责任重大，但是只能由她承担。

美登的病情继续恶化着，靠输血与抗生素维持生命，这不过是在拖延罢了，起不到治疗效果，医生也告诉她们了，那天终究会来。

姐姐临死前的愿望，自己如何能拒绝？姐姐紧紧盯着自己，一脸期盼，纱江什么也没说，用力地点了点头，内心有个声音大喊着。

（姐姐不要担心！我会拿自己的生命来爱他们！）

那时的纱江还是个高中生，她坚信自己能做到。

之后不久，美登就去世了，年仅三十，算是英年早逝了。纱江知道那不仅是自己的誓言，也是对死去姐姐的承诺。

因此，俊的口吃症状初露端倪时，纱江就感同身受，在帮俊治疗和矫正时，她比谁都认真努力。

她开始学习口吃方面的知识，结果发现附近既没有口吃学校，也没有这方面的医生和指导专家。总之，国家在口吃方面缺乏有力的政策和措施，行政机关里也没有处理这问题的专门部门，仅有的一些私立机构则是费用昂贵。

纱江决定求助于口吃方面的专著。她不惜牺牲睡眠时间，把这方面的书全看了，这些书都是美登生前买的，纱江从中学到不少东西。俊初入幼儿园和小学时，纱江一路陪护，把他送到学校，向老师详细说明了俊的情况，甚至把自己熟读的参考书和口吃者临床实例赠给老师。

"老师，书里的重点我都划了线，在旁边用红笔做了注释，希望您能通读一遍。碰到有困惑的地方，请不吝赐教。说实话，我们全家都在和口吃做斗争，也渐渐有所效果。所以，非常希望能得到您的帮助……"

纱江的话饱含着坚定的信心，她诚恳地看着老师，眼中闪烁着晶莹的泪光。

老师们深受感动，他们第一次重视口吃学生的教育。在这样温情的教育环境中，俊的学校生活一直很快乐。

而且，从幼儿园起，俊就在绘画方面崭露头角。只要有纸笔，他就能把面前的人物画得惟妙惟肖，这样的出色才能让大人们都赞叹不已。

随着年龄的增长，俊的才能也越发突出。小学四、五年级时，不仅是同学，连老师们都自备画纸，请俊给他们画肖像。此时，俊就在同学中间颇有威信。

这一点对俊的健康成长也至关重要，俊没有因口吃而产生不快、愤怒、懊恼、自卑等感情伤害，他渐渐成长为一个性格正常的孩子。

随着年龄增长，有的口吃患者不经治疗也会正常起来，这种现象被称为自然治愈。这种概率能达到百分之四五十。

纱江自然也明白这一点，但是，在俊康复之前，她从不懈怠对俊的言语指导。俊从小就很仰慕、信任纱江，所以从没有半句怨言，持之以恒地进行有效训练。

两人既是小姨和外甥又是姐弟，有时甚至像朋友。对于纱江来说，俊就像她身体的一部分。有时候，俊话说不出来，急得龇牙咧嘴、指手画脚，像这样伴随症状很明显时，纱江也感同身受，异常痛苦。

俊的痛苦就是纱江的痛苦，俊的烦恼就是纱江的烦恼，就这样两人和口吃做了近十年的斗争。

这两年，俊和熟悉的人说话时，基本不口吃了。

不过，碰到陌生人，他依然无法正视着对方的脸说话，或是把目光看向别处，或是低着头，开口之前，他总觉得自己会结巴，因此不敢看着对方。对于口吃患者来说，这是一种预期反应，俊直到死前都没治好。

所以，他不能和陌生人正面交流。

黑暗中，纱江翻来覆去。脑海里回放着南原谦也的嘴脸。

真是个厚颜无耻的人！虽然不断地借啤酒来压抑内心的不安，但是，自始至终谎话连篇。

看着被车撞伤的俊，他大喊："坚强点！是谁干的？"

对于这个问题，俊紧紧地盯着南原的脸，说："眼镜……"

虽然话不长，但是答得流利、迅速。

世界上，没有人比纱江更了解俊了。那孩子看到陌生人，压根儿不会正视着对方的脸说话。就算如南原所说，俊是个坚强的孩子、他当时意识清晰，他也不会这样。面对初次见面的人，俊会垂下目光或看向别处，这种可悲的习性是预期反应的表现。

俊这种僵硬、畏惧的表情，纱江看了十年了。南原的话真是一点谱也不靠。

而且，南原扶起倒地的俊，问："是谁干的？"俊立即回答"眼睛"或"眼镜男"。十年来，纱江和俊同吃同睡，她认真矫正俊的发音，所以敢断定俊根本不能利索地回答上来！

十岁以后，俊基本能和家人、同学正常交流了，不过并没有完全康复，有时还是会结巴。

前面提到过，口吃症状因人而异，对于俊来说，有的音节不会读，而这个音节又恰好在某个单词的开头部分，那这个词他就读不出来了。

比如，在五十音图中，最让俊痛苦的是"ma"行的发音，碰到以"ma"、"mi"、"mu"、"me"、"mo"开头的单词（比如 match，蜜柑），俊就会结巴。

发"ma"、"mi"、"mu"、"me"、"mo"这些音时，上下嘴唇会互相触碰，而俊发不出来，每当说到这样的单词，他便戛然而止，开始结巴。

纱江曾看过这样一段文章：碰到特定的音节或词语时，口吃便会出现，这叫做惯性口吃。不过，通过反复朗读、不断对其进行重复，便会逐渐克服，这被称为适应性口吃。要对口吃患者进行训练，首先要了解哪些词会使患者产生惯性口吃。

因此，纱江在对俊训练之前，仔细观察过他的发音特征，像"眼镜"（megane）这样的词语，俊根本无法利索地说出来。

南原谦也不知道俊口吃，才会编出那样的谎话，警察也是，他们从来没试图调查过这个死去的十二岁少年，想当然地相信了南原的话。

纱江也没打算把事实告诉警察。

只有她看破了南原的谎话，只有她知道，南原还在为另外一个人遮掩罪行。

（世界上只有我一个人知道他的罪行！这就够了，没有必要告诉他人。只要不告诉警察，他就不会受到法律的惩罚。所以，就由我来处罚他吧！）

（俊也支持我吧！姐姐的想法是不会错的！）

那天夜里，初见南原的亢奋让纱江辗转难眠，她的思维游走于想象和推理的世界中，不时地就从床上坐起来。

（俊死的那天也没放下铅笔，他曾说过要当大画家，要赚很多钱，带外婆和姐姐出国旅游。由于某人的过失，俊的梦想生生夭折了，让她如何原谅？！）

（俊！姐姐决定了——杀死他，为你报仇！你就等着看好了，姐姐一定说到做到！他加诸你身上的痛苦，姐姐统统讨回来，让他血债血偿！）

（而且，任何人也不会知道他的死因。因为，他们无法知道犯罪动机。我和他的联系不会留下丝毫线索。）

（现在想想，用什么方法让他痛苦呢？俊给姐姐鼓鼓劲儿吧！姐姐加油！对，来，俊说：姐姐加油！姐姐加油！这里面没有你发不出来的词，就像平时训练那样，放松，慢慢地说，姐姐，加油！你看，说得流利吧？好想再和俊练一次，好想再听听俊的声音，好想……）

纱江坐在床上，心里不停地思索着，呼唤着。黑夜里，那双眼睛一闪一闪的，大滴大滴的泪珠从脸颊滑落。

一周之后。

关川纱江的车停在美岳市车站的停车场，她走向车站旅馆旁边的白桦大厅，入口的右侧有一个公用电话，纱江在电话前站定，拨了上田市阵场利十郎事务所的号码。

当然她随身带了手机，不过，为了防止留下通信记录，她决定用公用电话。

她要直接和南原打交道，不能涉及别人，这是最初就计划好了的。所以，当一个女职员接起电话时，她默不作声，正打算挂电话，听到南原久违了的声音。

"您好！这里是阵场利十郎的上田事务所。"

"南原先生在吗？"

"哦，请问您是？"

"我是关川纱江。之前去过您的公寓，问了您很多关于我死去外甥的事，叨扰了。"

"哦，是那个……那，今天有什么事吗？要是还是那件事的话，我就没什么可说的了。"

"我知道，不过，之前不是说过有人打神秘电话吗？昨晚，他又……"

"这次说了什么吗？像这种行为怪异、身份不明的人，他的电话你还接啊？"

"不是的，我一听是他，就想挂电话。可是，他又像之前那样哼、哼、哼地怪笑了，说道：'你就不想听听我说什么吗？孩子死那天，我可是在那里哦！'"

与此同时，南原突然把话音提高，仿佛故意盖住纱江的话。

"啊，等会儿，喂？你是用家里的电话打过来的吗？"

"不是，我在美岳市，买点东西。突然想到昨晚的电话，觉得该跟您说一下，正好旁边有公用电话，我就打了……"

"这样啊！我现在有点急事要出去一下，十分钟之后，你再打过来吧？算了，你直接打我手机好了。"

"可是，您的手机号……"

"哦，你记一下吧！可以了吗？ 090……"

南原说完再见，便挂了电话，纱江嘴角浮出一丝似有若无的笑。

南原说他现在有点急事要出去，恐怕是借口吧！他很害怕第三个人听到纱江的话。但是，又对神秘电话很上心，"那人到底知道什么呢？他想告诉关川纱江什么呢？"要知道这些，就不得不提到那天的事故，而事务所人多口杂，他是为了避免别人听到吧！

他让十分钟之后再打过去，是为了争取时间走出事务所，找一条人烟稀少的路吧！

想到南原拿着手机，惴惴不安地走出事务所的样子，纱江心情大好。

十分钟过去了。

还是那台公用电话，纱江拨了南原的手机。那边马上接了起来，传来迫不及待的声音："喂？关川小姐，刚才很抱歉。那、那个人，他说了什么？"

"本来我一听是他的电话，就想赶紧挂了。但是，他马上开口了：'你可以不信我，但是，那天我的确在现场，我可以证明。'"

"证明？他有证据吗？"

"嗯，他说：'警察把那孩子的遗物还给你们了吧？那里面，有一个素描册。'我听后大吃一惊，的确如此。那天，俊一大早就离开旅馆，去石佛之路写生了。报纸上没提到过这点，知道这个的就只有警察了。而那个人却知道……"

纱江说到这里停了下来，这番话到底有没有用，要看南原的反应。

不过，南原没接话。纱江也拿着听筒默不作声。这时的几秒仿佛有一个世纪那么长。

纱江低下声音，仿佛自言自语："看来他果真是在现场吧？那他看到什么了……你想过吗？南原先生……"

"我想不出来，出事时周围根本没人。为了借电话报警，我仔细检查过周围，没看见一辆车、一个人。关川小姐，你一定被那个奇怪的人骗了。"

南原一副肯定的语气。出事后，他一定和同行者四处检查有没有目击者，确认了周围没人才敢掩盖事故真相，帮助另外那人逃走，而他留在现场装目击者。

也就是说，南原很有自信，他敢肯定一个目击者也没有。所以，他才会用这种口气接纱江的话。

　　"可是，那个人证明了自己当时在现场啊！"

　　"他不过是知道遗物里有个素描册而已，并不能证明在现场啊！那孩子大概几点开始写生的？"

　　"俊在旅馆吃完早饭就走了，走到石佛之路，找到写生的地方，大概是上午十点左右。"

　　"对了嘛！从这点就可以看出来，那个人在撒谎。"南原的声音瞬间充满了喜悦，"你看出来了吗？他在撒谎……"

　　"不过，那人既然知道俊带着一本素描册，当时一定就在附近，因为俊的确是在那儿画地藏。"

　　"虽然不知道那人是上坡还是下坡，不过他的确是经过石佛之路了，然后，他看到坐在地上专心作画的俊，石佛之路是个狭窄坡道，凡是从那里经过，都会看到旁边有个空地，地上有尊石佛。他一定是上午看到俊的，而事故是下午发生的，那时他早不知道在哪里了。大概看了第二天的报纸，才知道出了事。"

　　"可是，我总觉得那个人就在现场。"

　　"不可能，周围一个人也没有，说过很多遍了，我敢肯定这一点。第二天的新闻是这样说的吧？驹田小学六年级学生关川俊和家人去志木温泉旅游，当日独自出行游玩，午后两点，于石佛之路附近惨遭车祸，死亡，后被路人发现。警方认定此为恶劣的肇事逃逸事件，立即对肇事者进行搜捕……"

　　"嗯，很短的一段新闻……"

"听说那附近经常会发生事故，不过，这次肇事者逃逸了，引起了轩然大波。给你打电话那个人大概也看出了这一点，所以，想好好利用一下。"

南原说得很肯定，他又变得能说会道起来，于是滔滔不绝地说起神秘电话男的目的来。

"现在有这样一个男人，一天，他突然遇见一位美丽的小姐，被那位小姐的美貌深深吸引住了，于是想方设法再见她一面，哪怕说上一两句话也好。不过，他虽然知道那位小姐的住址、姓名，却苦于没有借口接近她。

"怎样才能向梦中情人一诉衷肠呢？这个问题每天都缠绕着他，直到他看到那则新闻。被害者关川俊是个十二岁的少年，家住驹田町。那一刻，一个念头划过男子的脑海——

"接下来的你猜到了吧！男子利用这件事来靠近暗恋对象，当然那位小姐就是你啦！事故当天，那位男子的确看到正在画画的少年，而警方又发出了追捕令。如此一来，男子便以目击者的身份，以向你提供线索为借口接近你啦……"

纱江听着南原的话，不由得感叹起来：神秘电话男是自己杜撰出来的人物，不过，听了南原的一番描述，感觉他仿佛就在身边似的，听得人毛骨悚然。

"太恐怖了，听着南原先生的分析，我觉得那名男子真是越来越让人害怕了。"

"你听听就行了，不要放在心上。那天，事故现场一个人也没有，这个家伙编瞎话呢，不用理他就对了。"

"但是……我还有一点疑惑……"

"疑惑？你还在纠结什么呢？"

"我觉得那名男子的话，有可信的地方。"纱江说道，自己煞费苦心创造出来的"电话男"，绝对不能被南原说成了莫须有。在以后的生活中，"电话男"必须存在，要以目击者的身份，时刻威胁着他。

"那名男子在俊遭遇车祸之前，和他说过话。从这点就可以证明了。"

"这个也是他的谎话吧！"

"但是，那名男子说他和俊一样，自小喜欢绘画，他看到正在画素描的俊，不由自主走到旁边，看到了俊画的东西。"

"这种谎话，也不难编啊！"

"那名男子看到俊的画后，大吃一惊。他对俊说：'你画得这么好，不如去参加报社每年一次的绘画大赛吧！'然后，俊回答他说：'你说的这个比赛，去年我参加过，获得第一名。'这些都是事实，可见，他的确和俊聊过。由此，我便断定那名男子说的未必都是谎话。"

"关川小姐，"南原的声音中透露着厌烦，"看来你是中了对方的计了。对方首先看到新闻，然后又有目的地想接近你，当然会事先调查过你的家庭。乡下那种小地方和城市不同，想调查一个人易如反掌，更何况你们家刚遭遇了交通事故呢！我想不管问谁，都能对你家的情况说出个一二三吧！"

他说得有道理，驹田市只有一万两千人，关川家又世代生活在那里，多数人都认识。南原的想法也很合理。

"喂，你在听吗？"

"啊，不好意思，我在想您分析得也很对。"

"对啊！总之，死去的小俊是个擅长绘画的少年，作品入选过报社大赛，这样的传言，想必当地很多人都知道了。"

"然后，那名男子便假装和俊交谈过，用这种道听途说来哄骗我……"

"对啊！正如你所说，然后你就被他误导了，相信了他在现场这种瞎话。"

"唉！我还真是个傻瓜，竟然就相信了他的话。"

"所以，你要多加小心，不要再接他的电话。那名男子多半还会打电话过来，他会利用谎话，一点一点吸引你的关注，最终令你上当的。这种人，一旦确定了猎物，是不会轻易放弃的。"

"好恐怖，我、我该怎么办呢？"

"你吧……下次他再打电话来……"南原停顿了一下，好像在思索什么，不过马上又接了下去，"你就说：'你以为我会相信你的瞎话吗！事故现场只有一个人，而且是他报的警，除此之外，别无他人。警察证实过这点了，这种傻瓜电话，你以后还是少打吧！'不要心软，语气坚定点儿！"

"这样一来，他就不会再打来了吗？"

"应该没问题，如果他还打，你就还用这套说辞对付他。比如，他说他在现场，当时怎么不去救孩子呢？他眼睁睁看着孩子在痛苦中死去，真是个冷酷残忍的人。你不能原谅他！他现在不是来幸灾乐祸的吧？他究竟是谁？让他有胆儿就报上名字来！这样一骂，他一定就哑口无言了。"

"明白了，下次我一定会骂他一顿。"纱江谢了南原正打算挂电话，电话那头慌不迭传来几声"喂、喂——"

"那名男子要是再打电话，一定要告诉我一声，跟我说说他都说了什么，他都提出什么要求，我实在不想看到关川小姐受骗。"

"谢谢，听了南原先生的一番分析，我也安心不少。"

漫长的交锋，终于结束了。

南原谦也，一点也没怀疑纱江杜撰出来的神秘电话男。非但如此，还千方百计地让纱江远离电话男。

他造成了事故、隐藏事故、帮肇事车逃逸，而有人在暗中窥探到了这一系列的计划，对此，他不是不害怕。

虽然说不太可能，但是不怕一万，就怕万一。所以，他才会对神秘电话男的来电内容日益感兴趣，恨不能在第一时间就知道一切。

神秘电话男发挥的效果，让纱江很满意。

下一步，自己该对电话男说些什么呢——

两天后的夜里十点半，纱江开车来到二百公里外的市邮局。她瞒着母亲，怕母亲在不知不觉中泄露了信息。

邮局旁边是市办公厅，两座建筑中间有个公用电话亭。这附近来往的人都有自己的手机，所以，很少用公用电话。市里有很多公用电话，但是这里，邮局旁边，只有这一部。

纱江走进电话亭，手里拿着南原谦也的号码和一些零钱。夜里十点半，有点晚了。不过，刚才神秘电话男又打来电话了，她想马上问问南原的意见，等不到明天早上了。是的，她就是想让南原感受到她的急不可待。

南原的来电显示上，会显示公用电话来电。上次就用了公用电话，这次又用，南原一定会心生疑惑，然后问她原因。纱江想好了，就说自己不小心把手机掉洗衣机里了，今天不能用，又怕母亲听到了会担心，不得已，在外边打公用电话。

刚拨完号码，立马就接通了，传来简短的回答："你好！"

他可能在看电视吧！那头传来女人的说话声和笑声。

"是南原先生吗？我是关川。是这样的，半小时前，那名男子又打电话来了，我想尽早和南原先生谈谈，所以，大半夜的打了电话。在家打，母亲听了会担心，我在外边找了个公用电话。南原先生，他刚才对我说了很重要的事情。"纱江把编造好的话一股脑儿地说了出来，喋喋不休地为对方营造出一种迫切的氛围。

"很重要的事情？他说什么了？"南原立马就追问起来，电视好像也关了，女人的笑声也随之而去。

"那名男子向我打听南原先生的名字。"

"我的名字？怎么一回事？"

"事故当天的新闻中，并没有提到南原先生的名字，只是说路过的行人发现了倒在地上的少年，慌忙报了警。所以，电话男对我说：'警察一定告诉你，是谁报了警吧？你把他的名字告诉我！'"

"然后呢？你告诉他了吗？"

"当然没有，他不是也没告诉我他的名字吗？这种来历不明的人，我怎么可能把您的名字告诉他。"

"那就好，你做得很对，我之前说过了，让你不要理这种奇怪的人。"

"我也是这样想的，所以，我说：'不知道是谁报的警。那你为什么想问他的名字呢？'"

"那人怎么说的？他为什么想知道报警人是谁？"

"他说了。他说报警那个人说的都是谎话，他敢保证。"

"什么！我说的都是谎话？那、那种傻话……啊，稍等，我要挂电话了……"

"您有事吗？"

"我、我刚才烧的水开了！我必须去灭火，对，灭火……"

电话好像被放在了哪里，传来"咚"的一响，南原的声音也随之消失。纱江依然保持着刚才打电话的姿势，想听到对方的风吹草动。

　　什么声音都没听到，不过，他刚才说自己在烧水，可以看出他是在家里接的电话。他听到纱江的话，深受刺激，便跑进旁边的厨房打开冰箱拿出一罐啤酒，迫不及待地喝了起来。

　　这些表现，和上次去他家里时一样。上次，纱江问他，那孩子死之前没有留下什么话吗？比如，哪里痛，哪里不舒服……那孩子死之前是什么样子的？问到这里时，南原就坐不住了，到旁边的厨房拿出两罐啤酒，一口气喝了下去。

　　抑制亢奋和激情的啤酒。对于他来说，这恐怕都形成习惯了。

　　"啊，喂，让你久等了。"

　　话筒里突然传来南原的声音，恐怕他刚才一罐啤酒下了肚，又冷静下来了。想必手里还拿着一罐呢！

　　"刚才你说那个电话男……那家伙说我撒了谎？"

　　"是的，他说报警的那个人说的都是谎话。"

　　"嗯？"

　　"所以，他不会放过你们……听到这些，我太吃惊了。"

　　"没什么好吃惊的，你越是表现得吃惊，他就觉得越有趣，以后电话还会接连不断的。你必须坚定自己的想法，让他无机可乘。"

　　"不，我关心的不是这个，那个家伙说，他不会放过你们……你们。他说的不是你，是你们。"

南原终于反应过来"你们"的意思了，他沉默了一刻，下一秒，一阵强烈的恐惧攫住了他的心，让他不得不死命压制。

纱江把听筒使劲压在耳朵上，倘若他手里拿着啤酒，他一定会喝……对！他喝了！一声酒后的吐气声清晰地传了过来，他竭力克制的声音传了过来——

"'他们'指的是谁？"

"我也不知道，但是，'他们'是复数的意思吧！我很震惊，就问他：'除了报警的人，还有别人吗？'他说：'有啊，事故现场有两个人，不过其中一个，立刻逃走了！'"

"骗人！绝对是骗人，有两个人？根本没有！除了我，没有别人了！我确认过了，如果现场有一男一女，那绝对逃不过我的眼睛！"

"哈？那家伙没说现场有女人……"

"啊……刚才说有两个人，我想当然就认为是一男一女了……总之，我只看到了肇事者的车顶。"

南原慌忙地纠正自己的说辞，可是，他不小心说漏的"一男一女"正好让纱江认证了自己的推测。

纱江接着说道："既然这样，那个家伙为什么要说现场有两个人呢？"

"这个不好说，本来他撒谎就是为了引起你的兴趣，所以，故意说这样的话来迷惑你吧！他还想问我的名字？"

"是啊！"

"他知道我的名字后，想对我说些什么呢？"

"不知道，他只是说不会原谅你们。啊，对了，他说总有一天他会说出真相的，所以想知道您的名字。"

"哼，总之一定不要告诉他。那个男人一定还会打电话来的，他就是个跟踪狂。最后，他会对你说：'能出来吗？''能到什么什么地方去吗？只有我们两个人。''我会把自己知道的都告诉你。''这些事只有我知道哦！你难道不想知道吗？'"

"如果他这么说，我一定会心动的。哪怕他知道一丁点儿与肇事者有关的事实，我也会义无反顾地去……"

"就是了。但是，这很危险，如果你信了他的话，然后愣头愣脑地去了……"

"会怎样？"

"对方的目的是你的身体，接下来还会有暴力，即使你奋力反抗，也拼不过他一身的力气。"

"好吓人。我本来就没打算去他约定的地方……"

"是啊！此外，你不要相信他，不管他说得多么天花乱坠，你都不要单独和他会面。好吗？"

"好的。"

"虽然你几次三番受到他的骚扰，想必他还是会继续打电话来的。你就像今天这样，接到电话后，立即告诉我，让我来拆穿他的谎言。"

"明白了。幸好有南原先生在，和您聊过我终于放心了。以后，恐怕还要您多费心了。"

"没问题，我们一定不会输给那个变态跟踪狂的，我会保护你，所以，如果有电话，也一定告诉我。"

"我会的，那今晚先这样吧！非常感谢，晚安。"

漫长的电话结束了。

为了抑制他心里的忐忑，南原谦也现在一定仰头咽下了一大口酒吧！纱江眼里浮现出他慌乱的样子。

对南原来说，神秘电话男正是让人不安、恐惧的对象。

自己创造出来的人，成了让南原备受煎熬的道具，意识到这一点，纱江心里很满足。他现在一定在对共犯说，他们的计划被人撞破了，现场好像还有别人在，我们该怎么办呢？

那位共犯，纱江推断是个女人，从今晚南原"一男一女"的回答中可以得到验证。自己的推断果然没错。

这些暂且不说，南原最害怕的莫过于电话男与纱江的秘密会面吧！

也就是说，如果他们二人见面，男人把事实告诉纱江，纱江意识到这可能是破案的关键，便向警方举报，如此一来，自己就无处遁形了。

南原一定是这样想的，所以才会威胁纱江，说如果她去赴约，等待她的便是暴力。

最后，他和纱江约定，如果电话男再打电话，一定要告诉他。

电话男——纱江创造出来的架空人物，没有姓名、长相，没有年龄、住所、职业，而目前，纱江就靠他的话来自由地操控南原的心理。

纱江从电话亭出来回家的路上，有种奇妙的感觉，觉得自己就像一名剧作家，而且亲自在这部剧中表演，不时以主角的身份登台亮相。

（接下来，我们要上演什么故事呢？）

夜深了，路上一个人影也没有。快到家门口了，两个年轻的暴走族骑着摩托车从她面前横穿而过，发出轰隆隆的声音。

院子两边的树盘根错节，枝丫横生，中间夹着一条石头小路，纱江从后门拐了进去。此时，周围一片漆黑，不过一踏上自己家的路，顿时松了一口气。

以前，家里的后门是厚硬的门板，开门时吱吱响，纱江工作后，就用第一个月的奖金换成了铝门，纱江蹑手蹑脚进了门，母亲一定睡了，可别把她吵醒了。正当她这么想着，陡然一缕绿光刺进来。绿白的光在黑暗中一闪一闪的，而后消失了。萤火虫罢了。

纱江从小就对萤火虫司空见惯了，家里周围都是水田、农地，清澈的小河潺潺而过，河边杂草繁茂，是萤火虫繁衍生息的绝佳之地。

暑假期间，孩子们一到晚上便沿着田间小路找萤火虫。大概二十年前，纱江还没上小学那会儿，就跟着姐姐混迹在孩群中，一起唱着童谣。

来吧！来吧！萤火虫啊！

那边的水啊，太苦啦！

这边的水，是甜的啊！

来吧！来吧！萤火虫啊！

孩子们都拿着网兜，为了能网到萤火虫，便轻手轻脚地，也不说话。绿白色的光散乱在空中，仿佛在跳舞，将人的心带进了一个幻想中的美好世界，或明或暗的生命之光，光是看看就让人深入其中了。

可惜的是，这样的景象，近年来几乎看不到了。随着时光流逝，萤火虫也越来越少了，从去年开始，纱江就没见过萤火虫了。

可是，如今她看到了，虽然只有一只。只那么一瞬间，就不知道飞哪儿去了，定是飞向光明了吧！纱江的脑海中闪过一句诗，仿佛上天的暗示——

萤火虫来吧！萤火虫来吧！灵魂也来吧！

纱江的高中同学，高中一毕业就结了婚，现在住在高崎市，他给纱江的信中这样说道：

"这句诗，是生于高崎市的诗人村上鬼城所作。他朋友的爱子死后，日日沉浸在痛苦中，他为了安慰朋友，便作此诗赠予他。前年，我刚出生不久的孩子不幸夭折，我对这句诗印象极深。那年八月份，我便回到信州老家，偶然想起这句，夜不能寐，便起身来到小河边。萤火虫一定会带着我儿的灵魂来看我吧！可惜，那天晚上，我竟连一只都没看到。田垄周围的沟渠，如今都是水泥的，无家可归的萤火虫们，最终被农药夺去生命。真是让人感伤！纱江，今年夏天，你那边的萤火虫仍然四处飞舞吧……"

纱江正好昨天读的那首诗，突然想到鬼城这句诗也绝非偶然。收到朋友的夏日问候，纱江立刻提笔回了信——

"今年夏季，我听到的蝉鸣，加起来能有四五次。至于萤火虫，完全不见了踪影，从去年开始，我一只都没见了。残忍的人类，连小虫的生命都毫不留情地剥夺，他们一定会受到报应的……"

可是，如今纱江看到了，一只萤火虫离开了。久未见过的萤火虫——

萤火虫来吧！萤火虫来吧！灵魂也来吧！是了，那不就是带着俊灵魂的萤火虫吗！

（不，确切地说，那只萤火虫就是俊！）

纱江为了报复南原谦也，刚回到家。而变成萤火虫的俊则在暗中看着这一切。他用这种方式鼓励纱江。

姐姐，我就在你身边哦！我借姐姐之手，惩罚那个男人。

萤火虫来吧！萤火虫来吧！俊也来吧！纱江将朋友告诉她的诗变幻成自己的心愿，一遍遍地祷告着。她忘了回家，就那样一动不动地站在黑暗中。

数日之后，纱江又一次拨通了南原谦也的电话，这次依然是以"不想让母亲知道"为借口，在邻市找了个公用电话。时间和上次一样，夜里十点以后。

第五次交锋。纱江会对南原说些什么呢？面对这些，南原将如何应对？这或许才是本章的目的所在，不过，笔者的笔暂且停留在此。

二人通电话之后数日，发生了一件难以理解的事情，吸引了笔者所有的兴趣。而且，在这件事中，南原谦也和关川纱江作为故事的主角隆重登场。

因此，请允许我暂且停一下，先来描述一下这件事。

第六章

事件发生在御牧市警署的管辖范围之内，御牧署紧邻美岳市警署。

长野县东侧的地区被称为"东信地区"。御牧署是其中一个小警署，不过正因为如此，反而给当地居民一种亲切感。

古时，说起来就是平安初期吧！这片地区是有名的骏马产地，有朝廷的专属马场，每年八月十五满月之夜，便献上骏马，由天皇亲自过目。

这种仪式叫作"奉马仪"。当时朝廷派来官员，来到逢坂的关卡，来迎接选好的骏马。这种情景被纪贯之记录在《古今和歌集》中——

逢坂关卡处，清水映人影。

今日于此地，引望月骏马。

此处"望月"实际指的就是满月，如今成了地名。这一代另有"御牧原"、"北御牧"等别名，一般都带"牧"字，都是源自平安时期的朝廷专属牧场。

言归正传。当天，就是八月十五。

望月町东边有座松明山，町里的一群年轻人都聚集在山顶。说它是座山，不如说是一座高土丘来得恰当，所以，爬到山顶是件很容易的事。

这些年轻人将自己的柴火堆在一起，又砍了附近几棵数的枝丫，堆得跟座小山似的，然后，静静地等待着日落。

终于，太阳落山了。黑暗渐渐包围了整座山，这时，一簇火苗在黑暗的山中渐渐燃烧起来，周围的人也开始响应，各自点燃了自己身边的柴火。

一瞬间，火势就起来了。黑暗中，一处巨大的篝火燃着熊熊的火焰，染红了半边天。山下等待此刻的少年们纷纷拥向山上，大概有一百人到一百五十人的样子。他们每人手里都拿着长约一米的竹竿，竹竿顶端绑着麦子和稻子的秸秆，然后伸到篝火中点燃，这样一来，满山到处都是火把。

他们举着火把，又前赴后继地从山上跑了下来。山下是个溪谷，一条澄澈的大河从这里经过。当地人称之为鹿曲河，河上有座望月桥，这些年轻人手执火把，停在了桥前。

这时，出来一个领头的年轻人，开始清点桥上的人数，根据桥的长度，留下二十个人，在领头人的指示下站好，一声鸣笛响过，他们不约而同地将手中的火把扔向桥下的滚滚河流中。

接着又是二十人，然后又是下一拨。

黑暗中，这些火光在半空中划弧线掉进水中，情景犹如火焰彩虹。袭击町里的恶魔和疫病就随着火光燃烧殆尽。这个仪式作为日本的三大火祭之一，让当地人深以为荣。

如此壮观的火祭仪式，并未到此终止。此次祭祀的中心部分是接下来的杨桐祭。它被公认为日本的神奇祭祀。换句话说，火祭不过是杨桐祭的一个开场而已。

位于町一角有个公交中转站，中间一条狭窄的马路，马路两边的商店和人家鳞次栉比，热闹非凡，路的尽头是个公交停车场，这块仅存的空地已被人围得水泄不通，从中间传来笛子和大鼓的声音。

望月町本是中仙道六十九驿站之一，下站是芦田，再经长久保、和田、诹访市等站汇合木曾路，在草津站跟东海道合并，从而到达京都。换言之，中仙道一度是连接日本桥和京都的主干道之一，望月町就是沾这条干道的光发展起来的。

马路两边至今还保存着老式的房子，用细木条钉成的格子门窗，依稀能看到那个时代的影子，因此，马路依然很狭窄。但是，就算它再窄，像杨桐祭这样的祭祀典礼，也一定要经过这条路。还好，马路一角有个公交停车场，每当祭祀典礼，都会在那里进行。此时，那里就聚集了大量的人，里边传出笛子和大鼓的声音，看来祭祀例行的舞狮大会早就开始了。

有几个年轻人，为了这场舞狮大会，准备了好几天。狮子头与狮子屁股互相配合，连接得天衣无缝，百兽之王粗犷的咆哮，冲击着周围观众的耳膜。

终于，狮子疲惫地躺在地上，这时，笛子和大鼓也换了个曲调，奏起了轻快的音乐，仿佛在诱导狮子入眠，舞狮大会暂时告一段落。与此同时，不远处传来"嘿"、"嘿"的口哨声，声音尖锐，紧接着是"哟"、"哟"的号子声。

"嘿！哟！嘿！哟！"

终于进入了此次祭祀的主题——杨桐神轿绕町行走。所谓神轿，是指神仙的座辇。普通的祭祀神轿都会装饰得金碧辉煌，木制的部分也会涂得很有美感。精心打扮过的巫女坐在轿中，扮演神仙，被抬着经过热闹的马路。

但是，杨桐祭祀上的神轿不是这个样子的。年轻人抬着巡走的神轿上只有一棵杨桐树。（有时候会以麻栎树代替）

当然，也不是单纯地抬着一棵杨桐树，而是将四根粗木材绑成井字状，杨桐（或者麻栎）固定在井字中央。人们在杨桐根部卷着几张草席，用麻绳将草席牢牢地绑在井字上。就这样，从远处看来，杨桐树根完好，枝叶繁茂，仿佛笔直地站在大地上，承受着雨露。

几十个年轻人分别扛着井字四周，迈着整齐的步伐走在马路上。他们统一穿着藏青兜肚配白色长裤，头戴头盖骨，脚穿白色短布袜。从后面看来，几乎半裸了，这样穿是为了让观众能深切感受到年轻人的热气和活力。

神轿中间的杨桐树旁，站着个年轻人，紧抱着树。

"嘿！哟！嘿！哟！"

杨桐神轿在带头人的笛声下，自由地变换着方位。抬轿子的人们和着笛声，时而将轿子恭敬地举过头顶，时而转着圈。这时，杨桐的叶子会哗哗往下掉，在空中打着旋儿。下一刻，笛声又响了，神轿突然横着倒下了，上面绑着的杨桐树枝便狠狠地砸到地上。

"嘿！哟！嘿！哟！"

树枝砸到地上，是为了将藏在地下的害虫砸死。这样，农作物才能远离病害，茁壮成长。所以说，这其中包含了农民们的祈祷和愿望。

这样剧烈地震动，对于轿子上抱着树的年轻人来说，是个豁上性命的力气活。而得到这项使命的人是一个家族的荣耀，是一个男人的毕生夙愿。他们都不认为这是件危险的事情，看着年轻人勇猛的身影，热情的喝彩声此起彼伏。

八月十五日，怎么说也是盛夏的祭祀典礼。

抬轿子转圈儿的人、轿子上抱树的人都汗如雨下。走着走着，道路两边有人准备好了水桶，他们便用水勺舀起水来淋到身上。水花冲到年轻人结实雄壮的肌肉上，溅起了飞沫。

狭窄的马路上密密麻麻站着一万多人，观众的欢呼声夹杂在抬轿人的号子声中，形成一波波声浪向远处传去。

神轿并非一座，町里有几个村落都会举行祭祀，因此，各个地区的神轿便一座接一座地表演起来了。以前，有时抬轿人因相互碰撞引发了冲突，也有人受伤引起了骚乱，现在，警察出面维持秩序，便避免了这些麻烦。

有的观众会跟着自己村子的神轿欢呼，但是，更多的人是沉浸在这种热烈的氛围中，走到哪儿算哪儿。人群异常喧闹，人人都无须在乎别人的目光，服装也各有特色。年轻的姑娘穿着印有祭祀文字和自家名字的外褂，白色长裤，故意露出赤脚。三个一群，五个一拨，在路边的商店买了烧鸡串，边走边吃。没人留意她们，也没人嘲笑她们。深蓝色的浴衣，白色的连衣裙，大红的 T 恤衫。各种杂乱的色彩混在一起，让人分不清何地何人，就像一个由人组成的旋涡，席卷了整条大街。

年轻人扛着肩上的神轿，往町外的大伴神社走去，他们接受了神官的驱邪会，供奉完神佛，祭祀典礼就结束了。

　　但是，不要小看这个步骤。从町里的大街看过去，神社在一个相当高的地方。要想将神轿扛到神社，必须经过几十层狭窄陡峭的山阶。

　　神轿中间的杨桐（或者叫麻栎树）看起来挺轻的。不过，基座的搭井字的木材都是粗木，再加上上面绑着的树，实际上很沉。年轻人们抬着神轿整齐地巡走，时而高抬，时而旋转，时而横翻砸地，几番下来，消耗了大量的体力。

　　当他们到达神社的台阶时，几乎精疲力竭了。几十个陡峭的台阶，想要一口气爬上去是不可能了。所以，他们在台阶下放下了神轿，休息片刻。

　　这样的休息是惯例，观众都习以为常了，纷纷将准备好的冷饮递给了相熟的年轻人。

　　如此一来，休息片刻的年轻人们就能恢复体力和干劲儿，一鼓作气地将神轿抬到最后的场地。

　　休息时间结束。年轻人合着笛声，抬起神轿踏上了石阶。

　　"嘿！哟！嘿！哟！"

笛声和号子是为了统一动作，他们知道，如果有一步错了，神轿就会倾斜，可能就会从石阶上滚下去。

　　石阶很窄，装不下这么多人，大部分的年轻人都走在两侧的杂草丛中。粗壮的大腿，结实的肩膀，看起来就像活动的雕像。观众们也有人握着拳，振臂高呼，声音混在年轻人"哟"、"哟"的号子声中，为他们加油呐喊。

　　特别是年轻的女性，看到石阶上的结实肉体，感受着官能美的冲击，热血阵阵上涌。神轿每上一个台阶，她们就在下面发出呼气声、娇嘀声——

　　"太厉害了！"

　　美岳市警署的津村干警，和他的上司山越部长聊起了天。

　　"这是我第一次看到，这祭祀着实壮观啊！我的心都跟着沸腾了。"

　　"嗯，以前，抬神轿的人有时会发生碰撞，出现伤员。近年来，在御牧警署的号召下，秩序好了不少。"

　　"话虽如此，御牧警署每年也挺辛苦的。我们两家警局早就合作过，虽然没出什么力，但是每年都会过来帮忙，神教祭祀结束时，局长会来慰问一番，我们就收队了。但是，他们一晚上都闲不下来，有人烂醉如泥，有人丢了孩子，有人落了东西……"

　　路两侧有几条小路，小路入口都是些露天店铺，有卖烧鸡的，有卖散酒的，有人喝醉了发酒疯吵架、躺在地上就睡。这种事情也归御牧警署的巡查和刑警负责处理，所以，祭祀这天，他们忙得不可开交。

邻近的美岳市警署每年都会派几名刑警和巡查支援他们，大家都是同行，能够互相体谅。当然，在罪犯缉查方面，双方设立了共同搜查总部。共同合作，一起侦破案件的案例也不在少数。

　　历届的局长都很重视这种警局合作关系，今晚，除了山越、津村两名刑警，局里还派出了三名巡查和他们同行。

　　神轿踏上最后一个石阶，天空炸响了几十朵烟花，夜空顿时变得绚丽多姿。杨桐祭祀终于迎来了尾声。

　　路上冗杂的人群渐渐四散，交通限制也解除了，车辆开始通行。

"长官，"津村对山越说，"我们是不是该收队了？"

"是啊！终于平安无事地结束了！现在这么安静，刚才的喧闹就像做了一场梦。这就是曲终人散的寂寞吧！"

"哎哟，长官您这感想真够文学！"

"咱是文化人啊！言语间，一不小心就流露出了文学修养。"

两人边笑边走。来时开的车，还停在御牧警署里，所以，得回去取车，顺便跟他们的刑事课课长打个招呼。

"喂！"刚走出来的山越部长突然停了下来，"你看那边。"

他指着马路右边一个房檐下："怎么在那种地方睡！我们过去看看吧！"

这是町里的主路，店铺自然会多一些，中间夹杂着普通民居。顺着山越指的方向看过去，是一个深庭院的、带有古典韵味的民宅，不常见的防雨门，门板紧闭，门前放着一条竹制长凳。

夏日傍晚，拿着蒲扇，坐在长凳上乘凉，如今，有这样的闲情逸致的人不多了。主人把长凳搬了出来，是为了看神轿吧！

不过，吸引山越目光的是地上的男人。他坐在地上，一腿弯曲，背朝着山越的方向，趴在长凳上睡着了。

"看来醉得不轻啊！旁边还有个啤酒罐。"津村说道。

的确，有个空啤酒罐滚在长凳下，说不定那个人坐在椅子上喝酒，喝着喝着醉了，就从椅子上滑下来，就那么睡着了。

"不过有点奇怪，感觉哪里不对劲儿。"

"不对劲儿？"

"是这样了，如果他醉了从椅子上滑下来，那该是仰卧的姿势，背靠椅子，朝着我们的方向睡。而他恰好相反，是脸靠长凳，双臂扒在凳子上睡……"

"不错，那是有点奇怪。我们把他弄醒了问问吧。"

津村立刻上前从后面抱起那个男人，往上一托。

"喂！你，起来了！快，睁睁眼！"

男人的上半身被津村抱了起来，却是全无声息，丝毫不见要醒的迹象。

"怎么回事？不愿意？你不早点儿回去，家里人该担心了。"

津村抱着男人的肩膀摇了几下。男人仍无反应，任由津村摇来晃去。

"怪了！"山越走了过来，"津村，我们让他躺在凳子上睡吧！"

两个人一头一脚抬起男人的身体放到长凳上。男人依旧没动静。他三十来岁，白帽子遮了半个脸，戴一副黑框眼镜，脸颊的肌肉有点扭曲，上牙紧咬下唇。怎么看也不像安逸地睡着了，而是一副痛苦的表情。

"这家伙，真像个苦相鬼！"

山越听了津村的话，将耳朵靠近男人嘴边，说道："或者

162

说他都是个鬼了！没有意识，没有呼吸，身体尚有余温，说不定能救过来。"

"那还不叫救护车啊？"

山越见津村拿出手机，忙制止道："且慢。这里是御牧警署的辖区，你看那边，好像有巡查在路边店聊天，对，穿制服那个，让他叫救护车吧……你去找相关负责人，安排他赶紧来这边。"

"明白！"

津村冲了出去，山越回到长椅边上，重新打量起那个男人。

男人穿着发白的西服裤子，脚上穿着一双运动鞋。白色的上衣，胸口的口袋是带拉链的，露出金色的拉锁。山越伸手拉开拉链，拿出口袋里的东西。一个似乎是革制的小钱包里有几个小包，装着三张一万元、一沓一千元和一张超市收据。零钱包里则有五六个百元和十元硬币。钱包外层有个小兜，装着卡和名片。

山越拿出几张名片。

南原谦也

几张名片都是同一个名字，看来确实是本人的名片。山越这样想着，把目光转到职位处，不觉惊呼。

参议院议员阵场利十郎秘书

怎么回事，这家伙……不就是先前那个人吗！

不错，上个月的月末，他是志木温泉车祸事件的目击者，就是他报的警。而且他一直陪在受害人旁边，直到鉴定课的人员抵达。这家伙怎么会在这里——

山越回忆当时的景象。当时，的确是跟刑事课课长土田去的现场。少年死了，遗体先运回警局，他们留下协助鉴定课，进行现场取证。当天下了阵雨，志木温泉不像市里下那么大的雨，等他们到现场时就停了。不过由于下雨，地面上的车胎痕和人的足迹都冲走了，无疑给搜查增加了很大难度。

南原谦也听到肇事者的声音了。当时，肇事者跑到孩子身边，说了句："喂！怎么回事？振作点儿！"

事故现场附近是石佛之路，因为多地藏而成为名胜。这个男人——南原谦也，为了摄影而来到现场附近。他察觉事故，便停止摄影来到现场。肇事者早没影儿了，只看到白色的货车顶盖消失在远处的稻穗之中……

这些不是山越直接从南原那里听到的，当时和南原交流过的只有土田。大家都是事后从土田嘴里得知一切。

（一）逃逸的肇事者是个戴眼镜的男人。

（二）肇事车辆是白色货车。

刑警们循着这些线索，对町里的修车厂、涂装厂进行排查，可惜直到现在都一无所获。

山越盯着仰躺在椅子上的南原谦也，想着这些事。突然，一丝怀疑划过心头。

（怪了，他以前好像不戴眼镜吧？）

一个月前就算是有一面之缘。毕竟不是正面打交道，所以记得不太清楚，但是总觉得他那会儿没戴眼镜。如果把他眼镜摘了，说不定就记起他当时的模样了。

　　山越蹲下来，打算把眼镜取下，结果被吓了一跳。握着镜框的手指差点插到南原半睁的瞳仁里。

　　（怎么回事？这是什么啊！）

　　他的手指从镜片的部位穿了过去，直捅向南原的眼。从没碰到过这么诡异的事，眼镜框里按说是有镜片的，手指怎能毫无感觉地穿过去呢？

　　他小心翼翼地取下南原的眼镜。为了祭祀的灯火明亮，马路上特意拉了电线过来，周围挺亮堂的。山越借着灯光仔细瞧了瞧这副眼镜，发现根本就没镜片。换言之,这个男人——南原谦也，从一开始就只戴了个镜框。

　　何以如此？有何意义？

　　白色的布制帽子，遮了半张脸，带着黑框眼镜的男人……恐怕一眼看去，谁都认不出这是南原谦也。是了，这就是他的目的！他是易容来神祭的。他住的是上田市，为何会来这里？他想见谁呢？或者说，他是被谁叫来的？其中缘由很难猜测，唯有他现在全无意识地横躺在长椅上是不争的事实。

　　（话说回来，救护车怎么还没来啊？）

　　山越转身离开长椅，沿着马路四下看了看，这时，一辆大型汽车停在他眼前，先下来两个穿制服的巡警，接着是津村。

　　巡警来到山越跟前，郑重地敬了个礼："辛苦您了！我是御牧警署的远藤，这是山木。"

"我是山越，这里有个失去意识的病人，所以，我希望能来辆救护车……"

"明白。刚才这位刑警来通知我们的时候，我们就立刻叫了救护车，不过……"巡警解释道，这时，津村插了进来。

"解释的事交给我！你们快去看看那个病人……"

说着，指了指长椅。巡警立刻跑过去，抱起男人，往车里走过来。

"那，我们就先去医院了。"巡警又敬了个礼，然后离开了现场，整个行动干净利落。

津村目送着车离去，说道："那位叫远藤的巡警，看起来年轻，做事还挺上心的。将来一定会有所作为啊！"

山越接过话头道："怎么不是救护车？"

"这个啊！救护车刚好出去了，有个孕妇从附近的村子来参加神祭，突然要生了，本来预产期在月末，没办法，得赶紧拉到小诸市的产房。还好，她和朋友一起来的，朋友立刻叫了救护车，把她送医院了……"

"这样算来，往返得一小时吧！"

"是啊！那位远藤巡警一听到救护车去了小诸市，立刻给御牧警署打了电话，让同事开辆大型汽车来公交站，还不到五分钟，车就到了。他当机立断，虽然年轻，却是能随机应变的人。"津村发自肺腑地赞叹道。

"看得出来，津村你不单单是钦佩人家吧！"山越边说着边冷笑起来，"还有一件很重要的事，你似乎忘了。"

"什么事？"

"你应该找个负责缉查的刑警过来的。"

"哎呀！我给忘了！不过，神祭晚上，御牧警署的人都忙得不可开交，今晚首要是抓盗贼、小偷吧！町里的人都参加神祭去了，留了空门。在神祭结束前，巡警们得一直四处巡视吧！长官，为什么要把他们叫到这里，有那个必要吗？那个醉汉都被送到医院了，我们也该走了吧？"

山越摇了摇头，答道："不。"

"你有没有注意到他的表情？虽然失去了意识，但绝对不是急性酒精中毒或者急性病发作的样子，他脸上一副痛苦的表情，在大家都高度兴奋的神祭典礼上，他身上一定发生了不可预料的事，我挺担心那个家伙的。"

"也就是说，你闻到了犯罪的味道……"

"现在还不能肯定，只是，那个男人和我们警署也有一定关系。"

"有什么关系？你什么时候发现这些的？这样说来，长官一开始就认出那个男人了。你太狡猾了，这样的事，不早点儿告诉我。"

看着津村一脸不服气的表情，山越又开始冷笑了："哪里的话！我也是刚刚才知道他的身份的。你去找御牧警署的巡警安排救护车时，我观察了一下那个男人，上衣口袋鼓鼓的，我什么也没想，就伸手拿了出来，是个钱包，里面装着名片和一些零钱。"

"我明白了。那个男人带了名片，那是谁呢？那家伙——"

"南原谦也。"

"南原？怎么了，他有前科？"

"不是，是和你有关系的一个男人。"

"啊？"

"你好好回忆一下。上个月，在志木温泉那儿，和交通肇事逃逸案件有关……"

"啊！"津村不由得叫了一声，"那个，陪着孩子直到最后一刻的男人。后来，报警的那个男人，是他吧？"

"的确，他是参议院议员阵场利十郎的秘书，在上田市的阵场利十郎事务所工作，也可以说是个私人秘书吧！阵场的选举底盘是从上田市到南部一带，小诸市、美岳市、轻井泽，南原的工作就是组织这些地区的选举后援团。"

"可是，这样一个人，为什么来参加望月市的杨桐神祭呢？"

"这个町应该也有后援团吧！与其说他是来参加神祭，不如说是去相熟的町干部家里喝酒呢！当然，吃不吃饭就不一定了，一定会拿个大红包吧！"

"啊？会是这样吗？"津村不无感叹。

"如果现在有个刑警在身边，这一切疑点都不成问题了。不过，那个男人带着这个目的来的话，他一定会受到那家的款待，那家会招待他喝庆祝酒吧！他这样躺在这里，独自喝着罐装啤酒不是太奇怪了吗？"

"是啊！的确有点怪，还有一件怪事呢！"

"什么怪事？"

"那个男人，戴着一副眼镜吧？"

"对，一副黑粗框眼镜。"

"我看了他的名片才知道他的名字。不过，怎么看都觉得不像他，我记得第一次看见他，是在志木温泉附近，交通肇事案件时。我记得当时他没戴眼镜。津村，你怎么看这件事？”

"这个……我从来没见过那个叫南原的人……"

"你没见过？南原那天不是留在现场吗？我们停车后，他马上就过来了，你当时在……"

山越部长突然笑了。津村被这么一笑，摸不着头脑了。

"你为什么笑得这么诡异？"

"没办法啊，想起来就忍不住笑。我想起你的确是没见过南原。"

"那又有什么好笑？"

"因为美岳市那天下了强阵雨啊！"

"……"

"是吧？南原那天报警时，雨下得最大。突然一道闪电劈下来，仿佛能把一棵树劈裂，紧接着一声炸雷。那可不是一般的炸雷，津村，你应该最有体会吧？"

津村皱眉道："行啦！长官，您就别再提雷神的事了。"

"雷神？对雷充满了敬意嘛。所以你那天才能趴在桌子上捂着耳朵，内心惶惶地乞求——雷神你快走吧！"

"……"

"我们接到报警，立刻赶往现场，有个吓瘫了的警察似乎没去？"

"你太夸张了！我只不过是稍微有点……吃惊罢了！土田课长觉得应该有人留守警局保持联络，我是听从课长的指示才留下来的。"

"口才不错啊！电闪雷鸣的天气，你不出去也没什么大不了的。总之，那天你没去现场，就没见到南原谦也。我也不过见了一面，之后就把他的事交给警部了，我们几人将受害者的尸体搬到警署验尸。所以，我也没有记清他的样子，把他眼镜摘掉，我或许还能想起一点。"

"那你摘了吗？"

"我摘了啊！不过，当时还吓了一跳。"山越停了下来。津村简直无语了，这么欲语还休、吊人胃口的样子，哪有半点便衣警官的样子！

"喂！你究竟发现了什么？"

"你想知道？"

"废话！请你不要拐弯抹角。"

"那个男的戴的根本不是眼镜，而是个黑色粗镜框，根本没镜片！"

"哦？你确定不是镜片掉了吗？"

"我确定，因为那个镜框上完全没有镶过镜片的痕迹，恐怕他是在哪个眼镜店买了个框架。"

"但是，他是来参观祭祀盛典的，有必要打扮成那样吗？"

"只能说，他不想被人发现。"

"照你这么说，他不来不就好了？"

"那一定是发生了什么事，让他不能不来啊！他特地买了个大镜框，再配了个夏天的帽子。"

"那就是易容呗！如此一来，他还有心情站在别人门外的台阶上喝啤酒，不是很奇怪吗？"

"也有可能是别人让他喝的。"

"然后，啤酒里有……"正说着，津村把手伸向了地上的啤酒罐。

"等等！津村，戴上手套！"

"嗯？啊，不能这么拿，不过今天没带手套过来。"津村马上意识到山越的用意，不能留下指纹。他从口袋里拿出手绢包住啤酒罐上边，放在耳边晃了晃。

"长官，罐里还剩了点儿酒。"

"嗯。残留物的检查是御牧警署的事了，把它放在台阶上吧！"

津村小心翼翼地把罐子放在台阶上。"啊？"他惊呼一声，"长官，你看那边，台阶右侧的下面，好像有什么东西。"

支撑台阶的四个支柱都是由粗竹子所制。他们才注意到竹子阴影下的东西。

津村蹲下来，看了看地上的东西，然后用手帕包住捡了起来。

"长官，这是照相机啊！"

"嗯。针孔照相机，可以放在手心里拿着。"

"这是专门用来偷拍的照相机。之前，我听在兴信所的朋友说过，现在的照相机越来越高端了，像这种针孔照相机，即使在你眼前拍你，你都发现不了。而且性能不错，拍出来的照片很清晰。"

照相机上有个细皮圈，应该是套在手指上用的。

"那个人，"津村开口，"掩人耳目，易容来到杨桐祭，是为了偷拍某个人。作为一个议员的秘书，他更像个私人侦探。"

172

"我明白了，总之，相机里一定隐藏了什么秘密！如果南原谦也醒过来，没有他的允许我们是无法拿到照片的。不过，这些都是御牧警署的事，话说搜查系是怎么回事啊？"

路上的行人越来越少了，店铺也开始收摊了。

山越部长点了支烟，狠狠地吐了口烟。正在这时，一辆车停在他面前，下来一个穿着半袖衫的男人。

"你们好！"他走过来，伸出手打了个招呼。山越见过他，他是御牧警署刑事课搜查主任谷川警部补。

"感谢你们的帮助，今年的祭祀大典顺利结束了，每年都承蒙美岳警署帮助，请代我向警长问好。之前你们跟搜查课的人说有什么事是吧？"

"唉！劳烦您特地跑了一趟，不过我们发现了一些事……"山越将整个事件的前因后果讲了一遍。

"总之，"山越说，"当我们发现他时，他都失去意识了，一脸骇人、苦闷的表情。我就感觉到这不是单纯的醉酒样子，所以想让你们派人过来看一下……您知道的，我这人好管闲事——"

"您多虑了！"御牧警署摇了摇手，"您考虑得十分周到，我们十分感谢。"

"顺便说一下，这位南原先生平时是不戴眼镜的，今天戴了黑色粗框眼镜。我觉得奇怪，就检查了一下，他的眼镜是不带镜片的。"

"什么！也就是说他只戴了个镜框？"

"是的，怎么看他都像是在易容，此外，他旁边还掉了个针孔相机，这种相机是专门用来偷拍的。"

"嗯！"

"不管怎么说，我认为有必要请司法鉴定课看看这个啤酒罐和相机……"

"我明白了！辛苦二位了。哦，袋子……"御牧警署的搜查主任边说着边向车子走去，打开驾驶座旁的玻璃窗，拿出白色的塑料袋和手袋。

"首先，把这两个东西装进去。"他打开袋子，把啤酒罐和照相机装了进去。

"太辛苦二位了，刚才我出门前，警长再三嘱咐我把二位带回去坐坐。不知二位……"

"是，"山越答道，"我们也有此打算，因为我们的车停在贵局的停车场……"

"哦，我不是让你们回去取车，因为今天是庆祝节日，所以想请二位和我们一起庆祝一下。"

"哦，那就不用了，你们的心意我们心领了。"

"别啊，警长诚意请求你们光临……"搜查主任说着，胸前的手机响了起来，"我先接个电话。"

他从胸前的口袋里取出手机，边回答对方的话边向车子那边走去。

"对，是我，我正在跟美岳警署的警官交涉，什么？死了！是吗，医生怎么说的？哦。好，明白了。你们二位先留在那边。我把美岳警署的两位警官送回警署后，立刻过去。尸体的话就那么放着。我会跟总部联系。嗯，再见！"

搜查主任挂了电话，走过来跟二人说："你们二位一直担心的那个男人，还是不行了。刚才咽了气。"

山越部长听后，一脸沉痛地低下头。"那，刚才的电话是从医院……"

"是的，远藤巡警打来的电话。怎么说那个人也是阵场议员的秘书，我们这个地方也有阵场的后援会……发生了这样的刑事案件，唉！"

"确定是刑事案件？"津村说道，"那不就是说南原是被杀死的吗！那死因是？"

"医生说是中毒，不过，现在还没解剖，无法断定中毒物质……"

"不管怎么说，"山越说，"被毒杀的嫌疑很大。想想看，一个住在上田的人怎么会特意跑到望月，参加杨桐祭祀后服毒自杀。"

"的确如此。唉！本来今天晚上想与二位畅谈一番的，现在看来是没有机会了，二位先坐我的车回警局吧！"

"不用了，"山越摆了摆手，"您就不用担心我们了，马上去医院吧！我们走回去就行了。"

"我也要回警局一趟。尸体解剖必须借助警方的力量，而且，我还要就后续调查征求局长的意见，总之我必须先回警局一趟，两位就不要客气啦！"

"哦，这样啊！那我们就恭敬不如从命了。"

三个警官上了车，穿过祭祀礼灯闪烁的中仙道大路，向御牧警署驶去。

第七章

南原谦也死后的第二天，他的死亡消息不仅登上了县内的 S 总社报纸，而且上了《中央报纸早报》的长野版。报道内容照搬了警方发布的官方公告，大同小异。

"祭祀结束后，警官在町内巡查时，于一民居屋檐下发现倒在地上的男性，立即将其送往附近的 K 医院，一小时后，医院确认其死亡。根据其随身携带的名片，警方了解其身份是上田市人氏南原谦也（32 岁）。就此事件，警方从自杀和他杀两方面展开调查……"

南原谦也的司法解剖是死后第二天下午才开始的。县警署总部邀请 S 大学的医学部教授亲自操刀，不过教授来得有点儿晚。等他解剖完，填好尸检报告都是后半夜的事了，所以没有赶上前一天的早报。

不过，美岳市警署的刑事课长土田警部在早上上班时，就从山越、津村两个刑警那里听到了具体报告。

"哦！是那个青年啊！"警部和南原谦也交谈还是上个月的事，七月二十六日——交通事故那天，他对南原谦也的印象十分深刻。他绝对没戴眼镜，参加祭祀那天之所以戴个粗黑框镜框，恐怕是在上田市或者望月町临时买的。正如山越刑警推测的那般，是为了易容。

南原谦也是药物中毒致死。不是自杀，那是谁给他的啤酒呢？

或许那个"谁"是南原谦也相机里的人物？那人知道南原拍了自己，所以杀了他？不过这样的话，那人就不会把相机留在现场了。

假如那个人知道南原在拍他后，那一刻萌生了杀意，那么他又是怎么拿到毒物呢？难道他平时都随身带着毒物吗？

对于警部来说，这不是他的管辖范畴，但这件事牵扯到之前的车祸事件，而且南原是唯一的目击者，对于南原的死他无法坐视不理。

犯人是怎么用毒的呢？这个相机是南原所有吗？相机拍的是谁、什么情景呢？警部脑海里涌出一连串的疑问。如果问问御牧警署，马上就有答案了吧！警部抑制住内心的焦躁，等着对方的联络。

案件发生两天了，一直到第三天下午，御牧警署依然没有任何联络。警部耐着性子等，怎么说，案件是由本局的两个警员发现的。

南原当晚就被确认为死亡，经诊断是药物引发中毒，一解剖死因自然就明了了。现在一定解剖结束了，结果究竟如何呢？

现场发现的空啤酒罐能推测出南原谦也的死因，同样在现场发现的针孔相机里的照片一洗出来，就能知道犯人或者推测出犯罪动机吧！这些都是极具说服力的物证。

发现并保护这两个物证，并将其转交给御牧警署侦查主任的也是津村、山越两位警员。

凭这两点，御牧警署怎么也该表个态啊！

津村开口道："警部，御牧警署那边一点儿动静也没有，是不是有点儿不懂事啊？"

"是啊！"土田警部点头道，"结果应该出来了……"

"肯定的啊！解剖什么的第二天就能完成，死者跟我们调查的交通事故有关，对方应该知道。可他们一点儿反应也没有，真让人不快。要不我们打电话问问吧！"

"不行，还是再等等吧！恐怕那边发生了什么棘手的事，没来得及联络我们吧！我有种预感。"

警部的预感完全正确，第二天早上，也就是案件发生的第四天早上，御牧警署打来电话——前几日杨桐祭祀杀人案件的调查报告出来了，请贵局相关人员能听取报告并解答相关问题。

御牧警署的侦查主任谷川警部来到美岳市警局，希望"贵局尽量多来一些人"，所以，会谈定在小会议室举行，以土田警部为首，刑事课几乎全员都到齐了。

谷川警部补将目光落在准备好的资料上，首先从南原谦也的解剖结果开始说起。

死者死于砷中毒，现场的啤酒罐中剩余少量啤酒，从中也检测出了相同物质。

啤酒罐上除了南原谦也的指纹还有一个人的指纹，具体人物还有待调查。

谷川警部补将目光从资料上离开，说道："被害者南原谦也没有吃晚饭，腹中只残留了混有毒物的啤酒，因此能精确地判断出毒物的分量。这种毒物的致死量——嗯……"他低头看了看资料，"致死量是 0.1 克，而啤酒中混有几倍致死量的砷，死者一口气都喝光了。本来，砷就是无色无味的毒药，所以被害者在完全不知情的情况下喝光了啤酒。

"砷的中毒症状分为两种。一种是肠胃型，服用之后的几小时之内，持续呕吐，令人腹痛难忍。这种症状持续两三天之后出现脑死亡，意识逐渐模糊，全身痉挛而死。

"不过，南原谦也不属于这种情况。医生推断说，他一次性服用了大量砷素，强烈刺激了中枢神经系统，头晕目眩、精神错乱等症状之后，全身麻痹，两小时之内便死亡了。

"贵局的津村、山越刑警发现他时，恐怕他已处于死亡边缘了。但是，在二位的照顾下，他没有在路上迎来悲惨的死亡之期，在医生的照顾下死在医院的床上。

"不仅如此，二位在现场发现的空啤酒罐和相机是有力物证，他们完好地保存并交付我们，工作十分负责到位。请允许我代表御牧警署全体成员，对贵警署表达敬意和感激之情！"

他边说着，边向在座的美岳市警员们点了点头，继续接下来讲话。

"同时，我们马上从现场遗落的相机里洗出了照片。南原谦也拍了些什么呢？我们都很想了解。

"但是，照片却使整个案件布上一层疑云。南原拍摄这些照片的用意何在？不，他的死和这些照片有没有关系呢？完全看不出来。首先，照片里的人是谁呢？这些照片反而徒增了许多疑惑……"他边说着，边把带来的大纸袋子放在圆桌上。

谷川警部补从大纸袋子里拿出了一沓照片。

"这是从被害者遗落的相机里发现的照片。

"南原共拍了八张，每张都是杨桐祭祀当晚的场景。我们把这八张照片用橡皮筋捆起来，今天带来了二十份。现在我将照片发给大家，请大家看看。"

八张一捆的照片从土田手里依次传到警员手里，最后还剩了几捆，又传回了谷川警部补手里。

警员们拆开橡皮筋，全神贯注地看起照片，不过，每人脸上都浮现出震惊的表情，纷纷嘟囔着："什么啊！这是。""有什么意思啊？拍这种照片。"

这是一个年轻女性的上半身，八张都是同一个人。

之所以推断这是个年轻女性，是因为衣服和体型。因为全部都是背影的照片，看不到脸长什么样子。

这个女人戴了个贝雷帽那样的圆形、没有帽檐、很深的帽子。从正面看也只能看到半边脸，剩下半边都隐藏在帽子下面。

柔顺浓密的黑发披散在两肩，看不到侧脸。这样的打扮即使从正面看，也看不出到底是谁吧！

她身上穿着短袖衬衫，但看不出衬衫正面是什么样子的。只有两张照片拍到腰部，看得出那个女人穿了短裤。也就是说南原谦也想拍的就是这个女人的背影。

　　只有背影的女人——这样的照片，究竟有什么意义呢？或者说他是怀着何种目的，一直追逐着这个女人？

　　因为是杨桐祭祀的晚上，参观的人很多，照片上女人的旁边也有男人，都是经过她身边的男人，这些男人拍得都很清楚。八张照片上的男人都不一样，从服装上来看，多数男人穿着印有祭祀文字的和服、缠着头巾，也有穿无袖背心和翻领衬衣的。

　　祭祀的夜晚，路上灯火通明，照片上的男人都被拍得很清楚。但是，从照片来看，他们都没有看向那个女人。也就是说，照片上这些经过的男人们，对旁边的女人是没有丝毫兴趣和关注的，不过是偶然经过罢了。

　　看来，南原谦也想拍摄的终究是这个女人。但是，为什么都是背影？难道没有从正面拍摄的机会吗？还是说这个女人的某个动作从背后看反而清楚吗？

　　看着照片的警员们都一脸困惑，他们完全无法理解南原谦也的用意。

　　"究竟——"土田警部很理解大家的感受，他率先提了出来，"这个女人是谁呢？"

　　"实际上，这对于我们来说也是个问题。"御牧警署的谷川警部补探着脑袋，仿佛在等着土田的提问似的。

　　"这组照片都是同一个女人的背影，看到这些，大家脑海里的第一个问题就是这个女人究竟是谁。她一定是来参观杨桐祭祀的游客，一般年轻女性都会和亲朋好友一起来，即使看不到她的样子，通过服装也能猜出身份。考虑到这一点，我们让女警官把照片拿给身边的人看。但是，没有得出结果。"

侦查课又派出全体警力展开调查，还是没有任何结果。没有一个人认识照片上的女性。好笑的一点是，照片上的男人反而都被调查出来了。只要脸拍清楚了，找人不是难事，这些男人都住在御牧警署管辖范围之内。

警员将照片给这些男子看，他们都很茫然。祭祀夜晚，他们完全不记得身边经过的人，反而追问警察怎么会拍到这样的照片。这些照片一下子成了不解之谜。

"十分惭愧！"谷川警部补擦了擦额头上的汗，"我们出动警力却一无所获。没办法，只能带上照片和验尸报告先来了。当务之急，是搞清这位女性的身份。因此，我们诚挚期望贵警局能协助我们共同调查。"谷川警部补双手撑在桌子上，深深地点了点头。

"谷川警官，"土田连忙答道，"请不要客气，根据您的说明，我们了解了整个案件。被害人南原谦也跟我们正在调查的车祸案件有关，现在他被毒杀，我方也不得不引起关注。照片上面目不清的女人究竟和案件有什么关系，我们对此也很感兴趣。当天，美岳市去参观的人为数不少。没关系，我们也会尽快出动全部警力调查这个女人。"

"啊！非常感谢！给您添麻烦了……"谷川警部补再次站起来，向在座警员们点了点头。

御牧警署带来的照片全都从一个角度，拍摄一个女人的背影。土田警部把照片分给警员、警卫、交警、女警、文员等人，尽量使更多的人能看到它，提供女人身份的线索。

　　当天下午就有很多反馈，但没有实质进展，第二天也是。警员和巡警们问过不下几百人，但是没有任何线索。御牧警署更不用说了，案件发生在他们的辖区，现在他们找红了眼，也什么都没找到。

　　"这人应该不是附近的住户，应该是县里某个地方，比如长野市、松本市啦，只不过是来这里参加祭祀典礼的。所以，这附近的人都不认识她。"

　　"可是，这是晚上的照片，晚上八九点的样子。这个时间，公交车都停运了。我们调查了町里的旅馆，老板都说没见过这样的住客，这个女人怎么回家的呢？"

　　"她自己开车来的吧！所以想几点回就几点。"

　　"但是，当天应该没有停车位。"

　　"有的，例如医院、学院、公共会堂，那里总有一些空地，随便找个角落停车，也没人来管，这就是乡下的好处。"

　　"嗯。这样看来，她是远方游客的推测也能成立。在九州福冈工作的白领丽人，夏季想去凉爽的信州。于是，先去轻井泽看看，然后去附近的小诸市走走，看看怀古园里岛崎藤村的诗碑。小诸市这样的古城，蓝天白云，最能引发游子的诗情。被引发诗情的女性便会在当地住上一晚。"

"当天正好是八月十五吧？"

"的确，她在旅馆里看到了导游册，得知附近的望月町要举行一场奇异的祭祀，赶紧向旅馆打听附近哪里可以租车，租了一辆安装了导航的汽车，便在夕阳的照耀下开往望月町……"

"我明白了，这个背影女性是从福冈市来旅游的，但是，南原谦也没有理由跟踪这样一位白领啊！他们两人之间，有什么连接点呢？"

"这个我也不知道啊，要想知道这些，必须先明确女人的身份，让她自己说明白吧！"

"这个女人如果真如你所说，是福冈人的话，那我们该去福冈出差了。算算福冈的人口，看来咱俩得在那里待五六天。"

"不过，这个女人也有可能是札幌的。"

"为什么？"

"因为我还没去过北海道。"

"我们去北海道旅游五六天？"

"好啊！札幌，我要远道而来啦！"

这时两人看着对方，忍不住大笑起来。对于有案件在身的警员来说，这样的对话有些放浪不羁，不过也无可厚非。连日来，他们拿着八张照片四处询问，身心俱疲，这样的玩笑多少能让他们轻松一些。

美岳市警局的警员们也有同感。当天，去参加祭祀的市民也为数不少，有从望月町嫁过去的女性，也有嫁到望月町的。因为两地相近，一直以来的姻亲关系就复杂。往返两边的公交车也很频繁，所以，警员们想找到照片上的女人要花费一番功夫了。

但是，他们的预料是错误的。警员们只将年轻女性作为调查对象，她们都摇着头，回答说："啊——怎么都是背影啊！这谁能看出来啊！"不仅如此，两边的头发垂下来遮住大半边脸，完全看不到脸。衣着也没什么特点，穿个半袖衫和短裤，除了能判断出是个女人，别的线索几乎为零。

警员们也渐渐疲劳、焦躁起来，土田警部都看在眼里。

土田警部平时把照片放在办公桌上，也带回家去。睡觉之前就把八张照片摊开，全神贯注地盯着看。警部的妻子有时也会凑过来一起看。

"还没找到这个人吗？"

"嗯。"

"从背影来看，是个年轻人，不过有点奇怪……"

"怎么奇怪了？"

"你看，这是杨桐祭祀的晚上吧？这是呼朋唤友、放浪形骸的时候，但是，这个人身边一个亲朋好友也没有。在摩肩接踵的游人中，她有点孤独的感觉……"

"我明白了，格格不入吧？你的看法有点儿意思，但是我有别的理解。可能她根本不是来观光的……"

"刚才说啦，这是祭祀晚上的照片。你看，这个女人头顶上的灯，还有她身边经过的人，有穿和服的，有戴头巾的。这是在望月町的大街上，只有来参观的游客，才会走在这样的人群中。"警部的妻子十分肯定,她无法接受丈夫的推断。"这样啊！那你看这八张照片，有什么感觉吗？"

"这些照片不是在一个地方咔嚓咔嚓拍的，你看，照片上房屋挂灯的标号不同，她旁边经过的男人也都不一样，所以，这个女人当时在行走过程中。拍照的人也是一边走着，一边拍的。这样一来，要拍八张照片恐怕要花四五十分钟，甚至一个多小时。"

"这是显然的，因为是去参观祭祀典礼，走一小时很正常。"

"说来说去，你就是想说这个女人是去参观的呗？"

"那你说来说去，就是想说这个女人不是去参观的，只是个路人呗？"

二人激烈地争辩起来，说着说着又笑了。

"你净睁着眼说瞎话。"

"才没有，我看得很清楚。"

"那我就问问你，这八张照片上一样的女人背影，你就不觉得奇怪吗？"

警部的妻子又看了看照片："是啊！说起来的确是这么回事。她脊背挺直,直直地望向远方，八张都是这样的姿势……"

"是吧？你终于看出来了，我觉得挺不可思议的。是去年吧？古井开车带刑事课的家属们去参观了杨桐祭祀。"

"对，是去年，我和山越部长的夫人、津村警员的妻子一起去的。"

"那时候，你看过经过大路的神轿了吧？"

"嗯，当时我十分震惊。说是神轿，但年轻人们扛着的却是一根粗树。这根粗树被绑在井字底座的中央，合着'嘿'、'嘿'的口哨声，年轻人们沿着大街行进，喊着'哟'、'哟'的口号，十分威武。而且他们不光是走路，而是把肩上的神轿一会儿举向天空，一会横着砸向地面，树枝树叶散了一地。扛轿子的年轻人们汗珠飞溅，路边的人舀水洒到他们身上，他们全身都湿透了，还有水珠溅到路人身上，引起他们哇哇叫的骚动。这种情景，光看看就热血沸腾了。这个祭祀太棒了……"可能是想起了当时的场景，妻子的声音都兴奋地变调了。

警部哈哈笑起来，"既然你见过那个场景，现在再来看这些照片，怎么什么都没看到。你看，女人旁边经过的人脸上的表情都十分生动，他们仰着头看神轿时而被抬高，时而旋转。这中间，也有把目光投向远处、张嘴呼喊的男人。这八张照片上的男人都在动着。"

"真的呢！他们都是一副看着周围、享受祭祀的样子。那天晚上，路边的店铺也都开店了，向行人吆喝叫卖，光是看着这些店铺也很开心吧！"

警部点了点头："有可能，但是，照片上的女人却没有兴奋、吃惊的动作，也没有看着旁边和上方，只是一个劲儿地盯着前边的路。在前呼后拥的人中间，她显得太格格不入了。"

"……"

"也就是说，她不是来参观的，应该有别的目的。而一个带相机的男人跟拍她的背影。拍照片的男人叫南原谦也，他是为了跟拍这个女人才来望月町的吗？还是来参观杨桐祭祀，偶然看到这个女人才跟拍的呢？这些都无法判断。不过，这位南原先生在拍摄了这些照片之后，就被杀了。"

"天哪！"警部的妻子一下子坐直了，放在两膝上的手也不自觉地握紧了。

"被杀了……在那个……祭祀的时候？"

"是的。"

"但是，他身边应该有很多人啊！就没人出来阻止吗？"

"是被毒杀的，毒被投放在他喝的啤酒中。是谁将有毒的啤酒给他的，现在还不清楚……"

警部的话更像是自言自语，他平时是不和妻子探讨案件的，只有今晚，案件始终没有进展让他十分焦虑，便征询其妻子的看法。

警部暗暗苦笑，御牧警署辖区内的案件本来跟美岳警署没有直接关系，谁知被害者偏偏是南原谦也。这个车祸逃逸案件的报警人，搞得警部十分纠结。

毒杀和车祸逃逸案件，有什么内在联系呢？

南原为什么易容去参加杨桐祭祀呢？

他为什么要拍摄女人的背影呢？

他之所以戴个大黑框镜框，恐怕是不想被人认出来，也就是蓄意易容。同时，有个人向他的啤酒里投毒，这人是男是女呢？

南原对那人的出现没有警戒，毫不怀疑地喝下对方递过来的酒，是熟人给的吧？还是说对方的酒他根本无法拒绝呢？

问题一个接一个，答案却一个都没有。那之后，御牧警署也没有联络过，恐怕也没什么突破性进展。从案件发生到现在都过去两周了。

八月末的这个周日，意外的幸运降临到美岳警署。

照片上的女人，出现了。

津村警员那天休班。周日，他终于能睡个懒觉了。

睁开眼，悠闲地把被子掀到一边去，这种日子一年都没几回，真是无比奢侈啊！从窗帘缝隙泻进来的光线明亮地照在屋子里，看来今天是个大晴天啊！

起床！津村拿过旁边的手表，吃了一惊。怎么是四点零五分？怎么说自己也睡不到这会儿啊！他又重新看了看表，秒针不动了。哦，看来今天早晨四点零五分时，手表停了，他使劲晃了晃，秒针还是没动。

没电了啊……

对警察来说，手表是很重要的随身携带物。侦查的第一步就是了解何时、何地出了什么事。

看来要立马换电池了，津村只得起床，张开双臂伸了个懒腰，睡足了觉的身体一下子充满活力。

打开窗户，清爽的风扑面而来，他深深吸了一口气。

美岳市的平均海拔超过七百米，是个高原城市，所以从八月末就有了秋天的感觉。迎风吹来的风十分清凉，天高云淡。在这样的晴空下，津村将工作暂时抛到脑后，徐徐地踱着步，闻着路边的咖啡店的香气，便走进店里喝了一杯咖啡。这样休班的日子，对于津村警员来说太奢侈了。

津村想起来今天是周日，警局周边熟悉的钟表店今天应该都打烊了。不巧啊，他想道。不过，去年车站旁边开了一家大型超市。尤其是二楼店面全租出去了，独出心裁地排列在一起，仿佛将整个商店街都搬来了。

津村警员去过几次了，对钟表店的位置很熟悉，换个电池什么的都是小事。然后再去超市大食堂，吃一份重口味肉菜吧！

警员从家里出来了，凉风习习，晴空万里，阳光灿烂，空气中还残留着夏天的味道，到超市差不多一公里，他慢悠悠地走去。

进口店、眼镜店、文具店、书店、药店鳞次栉比。西式点心店、陶器店、鞋店、拉面店、家具店、刀具店、玩具店……只要是商品，这里应有尽有。津村走在二楼，内心不断感叹着。

他很快就看到了钟表店，店门口展示柜里陈列着最新产品，在明亮的灯光照射下，发出亮闪闪的光芒。津村走了进去。

"欢迎光临！"年轻的女店员热情地接待了他，"您随便看看。"

他拿出手表，说道："不用了，实际上，是这块表……没电了。你们这里能换电池吧？"

"好的，您请稍等。"女店员拿过手表走进里屋，一会儿就出来了，"马上就能换好，请您稍等。"

"啊，好的。"太好了，不过店里太热了。按理说，这个时节都不用空调了，但津村一路走来，额头上起了一层汗珠。

他从上衣口袋里拿出手绢擦了擦汗，把椅子往橱窗那边挪了挪，看起了手表。

只听女店员说道："这位客人，刚才您口袋里掉出什么东西了……"

津村闻言看了看脚下，的确是掉东西了。哦，是之前的照片。御牧警署带过来的八张照片，津村将两张分为一组，分别放在制服、便衣的上衣口袋里，随身带着，刚才随着手绢一起掉了出来。

津村将照片捡起来，毫不介意地放在面前的柜子上。拿着手绢从额头到脖子，大大咧咧地擦起汗来。

女店员看到他这个样子，微笑着递来一把扇子。

"可以的话，用这个吧！"

"谢谢，那我就先用一下，弄了一身汗……"

他连忙接过扇子扇起来。一阵香风袭来，心情顿时愉悦。

津村把手绢放到一边，解开领口第一颗扣子，让风能吹进去。正在那时——

女店员惊呼道："哎呀！这照片……"

津村紧盯着她。

"照片上的女人是关川老师吧！可是她的照片怎么会在……"

津村不再扇风了，忙问道："你认识照片上的人？就算没正脸都认得出？"

"是啊！我之前见过她，还说过话。这是今年杨桐祭祀那天拍的吧！可是，您怎么会随身带着呢？"

津村心头一震。两周来，御牧警署、美岳警署出动了巡警、警员甚至文员来找这个女人，结果什么线索都没找到。如今这可真是踏破铁鞋无觅处，得来全不费功夫啊！津村使劲抑制住激动的心情。

"你、你在杨桐祭祀那天，看到过这女人？"

"是啊！"

"那你也去参观了祭祀？"

"哎呀！这位客人。"女店员笑着做出一副要打津村的样子，脸上酒窝浅现，"我是望月人，从小学到高中都在望月上的。我上小学时还抬过儿童神轿呢！"

"我知道了，你每天都从望月赶到这边上班。"

"是啦！这个店是我大伯开的，以前他在市区的相生町开店，这个超市建起来之后，对外招商，我大伯就把店面转到这里了。我今年高中毕业，大伯总说让我来店里上班。想想也好，在亲戚家的店不用太拘束，而且也有工资拿，于是，下定决心来上班了。"

"这也不错啊！那杨桐祭祀那天，你一定提前下班了！"

"错！我没有提前下班，而是休息一天。"

女店员又笑了，露出一排洁白整齐的牙齿。

"我明白了，然后你那天晚上碰到了照片上的女人，哦，你刚叫这个女人是什么来着？"

"关川老师。我那天傍晚碰到了她。"

女店员聊了起来。津村没有拿出警用记事本，像这样性格明快的女孩，让她自由发挥比较好。

"那天，对，是傍晚，我本来想出门购物。这时，从小美家里走出一个年轻女人，正好和我打了个照面。高中毕业前，我一直和小美在一起，她家就住在我家对面。我看到那个年轻女人，立刻就觉得面熟，就是叫不出名字。对方也是同样的反应，我们就那么盯着对方看……不过，我还是先想起来了！你是老师吧？关川老师……关川纱江老师。然后老师说：那你是哪位？啊！我想起来了，小民子！木村民子！真是女大十八变，我都认不出来了。也不知道谁主动的，我俩就拥抱在一起了。现在想想当时的场景，我还是想哭，老师当时也湿了眼圈。

　　"我虽然叫她关川老师，但她教我的时候，还是长野大学教育学院大四的学生。也就是说，第二年毕业的时候，她就有资格成为中小学的教师……不过，大家都知道，即使是中小学的教师，没有实际教学经验也是去不了的……这就是教育实习，不然教育局是不会颁发教师证的。"

　　"当时，她虽然还是个实习老师，但我们大家都叫她关川老师。这个老师真漂亮啊！长长的头发绑成一个马尾辫，用一根红发带扎起来，整齐的前刘海蓬松地垂在白嫩的脸上……

总之，太美了！她就像个化妆品模特儿。至今，我们还有人模仿她当时的发型。

"这张照片……对了，杨桐祭祀那天，我之所以没一眼认出老师，就是因为这个发型，我很少见她把头发披散在两边，连脸都看不到。

"我很久没见到关川老师，有很多话跟她说。得知老师现在在芦田初中教学，每天自己开车上班。至于她为什么要来望月参加祭祀……

"我当然也知道，老师跟我提到过。七月末，老师失去了孩子。

"这个孩子当然不是老师的，而是她死去姐姐的孩子，也就是老师的外甥。现在上小学六年级，据说被车撞死了，肇事者逃逸了。多可怜的孩子。

"这个孩子是个画画能手，据说几次入围儿童绘画大赛。老师就对他说，杨桐祭祀晚上会举行火祭，人们站在桥上往长长的河里扔火把。

"那孩子听得两眼放光，求老师带他去作画。当然了，老师不会拒绝他的，说今年的杨桐祭祀就带着他一起去。但是，这孩子还没等到这天就去世了，老师后悔得不行。她这么跟我说的——民子，那孩子，他叫俊，我好想带他看看火祭的情景，所以，今天把他的照片带来了……

"老师从衬衫口袋里，拿出照片放到我手上……真是个可爱的孩子，一看就聪明伶俐……我看着照片，听着老师的话，眼泪情不自禁就掉了下来，落在照片上……我慌忙边擦边道歉。老师却说：民子，你真善良，你为俊哭了……我很高兴，谢谢，谢谢你，民子。老师也流了眼泪……"这时，里屋传来一个胖男人的声音，打断了女店员的话。

"喂！民子，换好了！"

"好的！"里面似乎还有个房间，民子回去后，不一会儿便取出了津村的手表和一张类似发票的纸。

"让您久等了，请检查一下。"

"哦，谢谢你啦！"津村根据发票上写着的数额，从钱包里拿出钱放在柜台上，正打算离开，被女店员叫住了。

"客人，您认识关川老师吗？"

"不认识。"

"那您为什么会带着老师的……"

"啊，这是我朋友拍的照片，我就问他要了过来。"

津村说着出了店门。没有再说的必要了。

是了！这个留下背影的女人名叫关川纱江！

志木温泉"石佛之路"附近发生了交通事故逃逸案件。被害者是一个小学六年级学生，名字叫关川俊。津村不用看记事本也知道，这个名字深深印在他的脑海里了。

　　当然，记事本里也有他的监护人（姨妈）关川纱江的名字、住址、电话。这是个美岳市警署警员们无法忘记的名字。

　　被毒杀的南原谦也发现了那次交通事故并报了警，一直陪那个少年到最后一刻。

　　那个男人喝了有毒啤酒死亡，而他的照相机里只有关川纱江的背影。

　　（真是费解啊！南原怎么知道纱江会在杨桐祭祀这天去望月呢？）

　　（他之所以戴个没有镜片的眼镜，就是怕被纱江认出来吧！）

　　这些问题，可以留到后面再考虑。

　　总之，这个女人的名字算是撞到我手里了，我得先跟刑事课长报告才行。

　　津村从衬衫口袋里拿出手机，又放了回去。

　　（这样重大的发现，在电话里说太不郑重了，我还是亲自去警部家里一趟吧！这可是个让人扬眉吐气的消息，我可以在警部面前神气一把了。）

津村这样想着，不过有点儿渴了，嗓子火烧火燎的。

他环顾了一下四周，看到一块"荞麦面店·竹风庵"的招牌，便冲了进去。他一口气喝完店员刚上的水，"来份儿冷面，加冰。"不知不觉间，他没食欲了，只想喝点凉的东西。

津村润了润干渴的嗓子，只吃了份儿冷面，便觉得腹胀了，便出了店门。

午后刺眼的阳光依旧照射在大街上，从这里到土田警部家大约一公里，津村一路小跑，直到警部家出现在视野里，跑得满头大汗。

真是容易出汗的体质，津村冲进土田警部家门，大喊："警部，找到啦！照片上那个女人，身份也查清楚了。"警部的妻子笑吟吟地看着津村，递过来一条冷毛巾，津村忙擦了擦汗。

从二楼下来的警部，看到津村这个样子，便出口问道："怎么啦？津村，喘成这个样子，稍微歇一会儿。你说照片上的女人身份确定了，是真的吗？"

"千真万确！我就是为了早一刻通知您这个消息，一路小跑过来的。"

"这样啊！那赶紧进来吧，慢慢说给我听。"

客厅的风扇呼呼地转着，吹来徐徐凉风。这一带的房子基本都没装空调，盛夏时节，凉爽的山风迎面吹来，带着丝丝清新的空气。

警部细心的妻子看到满头大汗冲进来的津村，特意打开了风扇。

津村喝了一口冷饮，通体舒泰，便坐了下来。

"别麻烦了！夫人，给您添这么多麻烦。警部，御牧警署要查的女人查明身份了，现在特来向您汇报。"

"嗯。"警部气定神闲地看着津村。

津村将上午发生的事、事无巨细都告诉了警部。

"啊？"听完津村的讲述，警部惊得一句话都说不出来。

照片上的女人是关川纱江⋯⋯这两人之间的联系点便是在交通事故中死去的少年，这种特别的联系⋯⋯女人是少年的姨妈，男人陪护少年到最后一刻，可男人为什么要跟踪女人，拍下照片呢⋯⋯

"不明白啊——"

"我也不明白。"

"第一，关川纱江的背影有什么特殊意义吗？再就是，那个男人，南原谦也怎么知道关川纱江会去杨桐祭祀呢？"

"会不会是偶然？那男人是国会议员的秘书，在上司的选举区工作，经常参加婚葬仪式，代上司发祝词、悼词，送花篮什么的。杨桐祭祀也是种祝贺仪式，而且是町里的大仪式，他带个红包去町长、议长家里拜访一下也不是没可能⋯⋯"

"问题是他怎么知道关川纱江也会来？"

"所以说，他看到关川纱江，完全是个偶然。"

"既然是偶然碰到的，为什么要拍呢？"

"⋯⋯"

"而且为什么要从背后偷拍呢？"

"⋯⋯"

"他戴个镜框是为了易容吧？可有什么必要呢？"

"……"

"这是怕被女人发现吗？还是怕别的什么人？"

"警部！"津村几乎要尖叫了。"为什么？怎么回事？有什么必要？这些后续问题我可答不上来。我只是了解这个女人的身份后，立刻向您汇报罢了……"

"这样啊……嗯，的确是。"警部苦笑着说道，对于自己的心急，他有点儿惭愧了。"都是我不好，你好不容易搞清了这个女人的身份，我应该予以表扬才对，不对，应该是感谢。干得太棒了，我代表我们警署还有美岳市警署对你表示感谢。"

"这、这个……警部，您这太夸张了！我只是转达钟表店店员的一番话……"

"这就是你做得好的地方。无论何时何地，你都随身携带、随时打听照片上的人。很了不起！因为你的执着，终于发现了女人的身份，这就是警魂的胜利！还有，那个……哎呀！有点儿词穷了……"

"够啦，警部。话说今天是周日，关川纱江是中学老师，老家在驹田町，估计在家吧！让她过来吧？"

"这个——"警部低头想了下，"要弄清楚所有的事，今天时间有点紧吧？"

"为什么？不是越早越好吗？被杀的南原拍了她的照片，他们两人之间有什么关系？这个女人应该不是凶手，因为这些照片都是跟在后面偷拍的。不过，我们说不定可以根据这个女人的话，推断出凶手啊！"

"嗯，的确，有必要找她调查。但是这些照片是从御牧警署那里得到的，而且，案件发生在御牧警署管辖范围内，他们现在负责这个案子。"

"可是，警部，发现这个女人身份的人可是我！也就是我们美岳警署。而且，那个女人涉及我们现在正在调查的交通事故逃逸案件。我们先把她叫过来问话，这没什么毛病吧？"

"你说得对，的确应该把她叫到我们警署问话。明早，我们召集刑事课全体成员开会，你负责向大家说明这个女人的身份。我会联系御牧警署，商量将关川纱江带到我们警署问话的事，让他们也派个负责人过来，有什么问题自己问。"

"我明白了，这样也算对御牧警署有个交代了。"

"是的，就这么决定了。为了奖励你的功劳，我们先喝两杯吧！"说着，他叫来妻子，"喂！给我们拿点儿啤酒过来。"

第八章

第二天——星期一，傍晚。

关川纱江自己开车来到美岳警署时，都五点多了。

上午，土田警部电话联系了御牧警署，通知背影女人身份确定的消息，并解释——由于她跟美岳警署正在调查的交通事故逃逸案件有关，所以，美岳警署想先行问话。

电话中，土田警部盛情邀请："如果贵局也希望能够出席问话，请不要客气。"对方当然没有拒绝的必要，他们感激不已，"那就恭敬不如从命，我局派出侦查主任前去，请多关照。"

之后，警部就给关川纱江任教的学校拨去电话，考虑到影响，他特意隐去警察身份，说道："我姓土田，想找关川老师。"

这一带的学校暑假非常短，过了八月二十五，大部分学校都进入了第二学期的教学。芦田初中也是如此，所以，纱江很快就接过电话。

当纱江知道对方是美岳警署的土田警部后，声音一下子高了："您是警部！是找到撞俊的凶手了吗？"

"不是的，俊的案子现在还在调查，今天打电话是想见你……"

"想见我……为什么？"

"是这样的……想找您过来确认一些事情,看是不是跟俊的案子有关……"

警部觉得不能提前透露"照片"和"杨桐祭祀"的事。他想看看突然提起照片时,纱江是什么反应。

"怎么样,关川小姐,您方便的话可以来警署一趟吗?"

"我明白了,如果对俊的案子有帮助,我恨不得飞过去。不过,我三点前有课,估计五点左右才能到警署,可以吗?"

"没问题,不管几点,我们会一直在这里等你……哦,用不用派车去接你?"

"您别为我费心了,我自己开车过去就行……"

这就是纱江到警署之前,两人的全部对话。

纱江被带到警署的外来人员面谈室,这是警署专门接待访客的房间。因为事出突然,没来得及安排调查室。御牧警署侦查主任谷川警部补、美岳警署搜查主任本乡警部补和发现纱江身份的津村警员都到场了。

关川纱江被警部带进去时,便看到三个大男人围着一张圆桌,站起来鞠躬的样子。她吃了一惊,停下了脚步。

警部不失时机地开口了。

"啊,我来介绍一下。这位是关川纱江,是之前交通肇事逃逸案件的被害者的姨妈,现在在学校工作,今天特意过来一趟,协助我们调查。"

警部刚介绍完,本乡警部就代表三人发话了:"辛苦您走了一趟。"旁边两人也一起鞠了一躬。纱江也郑重地回礼:"承蒙警局照顾,今后请继续多多关照。"

众人落座之后，津村拿出事先准备好的茶杯，给每人上了杯茶。

"来，大家请。"警部说了一句，大家都端起面前的茶杯。安静的房间里只有品茶的声音。

"说起来，关川小姐，"土田先开口了，"我之前在电话里说过了，今天叫你过来是想见见你。"

"是的，您有事请说。"

"那个——是这样的。"

警部从八张照片中取出三张，摆在纱江面前的桌子上。

当第一张照片摆出来时，一句小声的"啊"从纱江嘴里蹦出来。当她看到三张照片时，便将头转向警部，一脸的错愕和不解。

"这、这个……怎么回事？"

"这个背影女子，是你吧？"

"是的，可是……为什么会有这样的照片？"

"你知道这些照片是在哪儿拍的吗？"

"望月町，八月十五日，杨桐祭祀那晚。"

"为什么？你这么肯定？"

"是这身衣服……"

"你的发型和现在也很不一样。"

纱江将一头黑发用红丝带绑了起来，垂在后面，整个脸看起来很清晰。但是照片上的女人头发垂在两边，遮住半个脸，完全看不出模样。

"哦，你说这个发型啊！"纱江听到警部的提问，笑了，"我回家之后，总是把头发披散下来，这样会轻松自在一点。"

"可是，你工作时、外出时或者现在，都会把头发束在脑后，为什么杨桐祭祀那天没有呢？"

"啊，这个呀，"纱江笑道，"我以为把头发放了下来，遮住了半个脸，再戴个夏季的白帽子，别人就不会认出我来了……"

"为什么，有那个必要吗？"

"杨桐祭祀那天，望月町、附近的町和村子过来的游客都会聚到这里，而我不想被人认出来，也不想和别人说话。所以，尽可能遮住了脸……而且，我在大四时曾经在望月中学实习过……"

"是为了拿到教师证吗？"

"是的，我的专业是日语，在毕业之前，必须找到一所中学实习。那一个月，我每天都开车去望月中学，接受老教师的指导，给初三的学生上语文课。所以，当时的学生都叫我老师。"

"我明白了，即使只教了一个月，望月町也有很多关川小姐的学生。"

"是的，他们今年应该高中毕业了，无论是上了大学的学生，还是在当地就业的学生都会回来参加杨桐祭祀。我在街上走着，只要有一个人认出我来，叫一声老师，就能招一大批孩子过来，然后说起当年的事。这种事情若是放在平时，我会很开心，但那天晚上，我不想这样，我甚至厌倦这样的事情。"

警员们听得都很困惑。警部替大家问道："但是，关川小姐，你那天来望月町不是冲着杨桐祭祀来的吗？难道你不是来观光的？还是有什么别的目的？"

纱江仿佛要压住警部的话，语调变得强硬起来。

"我没有什么目的！我、我只是……想和俊两个人看祭祀而已！"

纱江的语调本来是很平静的，刚才突转激烈，像是要抗议警部的话，吓了大家一跳。警部仿佛很享受对方的这种变化，一直盯着她。她似乎也觉察了，又恢复到之前的语气。

"你们也知道俊是我的外甥，从小跟在我身后'姐姐'、'姐姐'地叫。虽然我们年龄差距很大，但我一直把他当弟弟看。他在志木温泉被车撞死了，遗物里还有一本素描册，你们一定知道吧？那天，俊去了石佛之路，画地藏的素描。"

纱江的语气恢复了平静，讲述了俊喜欢画画的事、他在幼儿园时绘画天分就得到肯定的事、他只要参加儿童画比赛就一定会入选的事。

　　"当时的评审老师给了俊很高的评价，一位著名的儿童文学作家说他从俊的画里看到了诗情和故事。俊是将东北地区的故事融会进了画中，与独辟蹊径的谷内六郎有异曲同工之妙。这篇刊登在报纸上的评论，俊读了不下二十回，风景里有故事啊！我和俊经常说起这个事。也就是那个时候，我和俊说起来杨桐祭祀的神轿和火祭，人们会把火把扔进河里，十分壮观。俊听了之后两眼放光，跟我说，姐姐，我也想看看，然后把它们画进画里。他一定是从火把随着河水慢慢消失在黑暗中的场景中，感受到了幻想的童话世界。我答应了俊，今年带他参加杨桐祭祀……

　　"警部、各位警官，我那天之所以会出现在望月町，就是为了履行这个约定。当然，俊在你们眼里是死去的人，但他永远活在我心里，于是，我把俊的照片揣在怀里，去参观了杨桐祭祀。

　　"俊，你看，燃烧的火把将病魔和不幸都赶走了，污秽去除，

214

留下纯洁，迎来神仙。这就是杨桐祭祀。我站在桥边，怀抱俊的照片，这么跟他说着话。

"那时，我用双手将俊的照片紧紧抱在怀里，不可思议的事发生了，俊从照片中出来了，还是像小时候那样，把手放在我的胸前玩。不可以，不要玩哦！我忍不住说了出来。

"俊的母亲，也就是我的大姐——美登，她得白血病去世时，俊才三岁。本来，我家只有母亲、二姐和我，三人一起生活。后来有了俊，为了不让俊感受到失去双亲的孤独和寂寞，我们都很宠爱他……当时，我只有十六岁，还在上高中。俊就叫我姐姐，最爱缠着我。可能对于那孩子来说，我就是个姐姐。每到夜里，他就会爬到我床上和我一起睡，这些场景还在眼前。

"那孩子每当夜里醒了之后，就会把手伸过来摸我的胸，摸到之后，才能安心地沉沉睡过去。那个样子让我十分怜爱，就把他当成自己的孩子，紧紧搂在怀里。对于我来说，这样的夜是人生最幸福的时刻。"

警部、警员们只是默默地看着她满怀热情地说下去。

那时，警察只是想确认照片上的女人是不是关川纱江本人。而她不仅承认这一点，还说了很多题外话，为什么自己去望月，是为了履行和俊之间的约定，还有俊是多么依恋自己等等。警察们只是安静地听着，沉浸在这番流利、充满热情的话中，连个插嘴的机会都没有。

而且，她说起这些事时，脸上的表情极为生动，面目美艳、容光焕发的样子使听者沉醉其中。土田还记得，交通事故发生那天，关川纱江在女警的陪伴下见到俊的遗体。那时的她哭得天崩地裂、狂乱不羁，跟眼前的关川判若两人。

（那时的她去哪儿了呢？她说起俊的话题一滴眼泪都没掉，热情洋溢的语气加上美艳绝伦的表情，仿佛在说着恋人的事。）

"关川小姐，"警部稍微提高了嗓门，"我们现在知道你为什么去望月町，参加杨桐祭祀了。你之前跟谁提起过今年打算去参观杨桐祭祀吗？"

"这个——"她思索片刻，"应该提过……不，的确说过。"

"哦？跟谁提起过？"

"我记得是和学校的同事。之前，我和两三个女老师聊起在哪个学校岗前实习，聊到望月中学，有人附和说那里有首民谣叫《望月小调》，有个与众不同的杨桐祭祀，问我去没去过，我回答说，当然去过，今年还打算带着我的外甥去呢！"

"这是什么时候的事呢？"

"暑假前夕，大概七月份吧！"

"哦？"

"可能俊也跟同学骄傲地提起过，这也不是什么秘密，我妈说不定也和邻里大妈提起过。您为什么会问这个？"

纱江的提问让警部很狼狈。

"不是，那个……啊，这不话说到这里了吗？"

"这样啊！各位一定有什么事情瞒着我吧？究竟是谁拍了这些照片，请先回答我。"

那一刻，房间里沉默了。为了缓和沉闷的气氛，警部沉稳地开口了。

"关川小姐，我们没什么好隐瞒你的，拍照片的人是南原谦也。"

"南原？难道是那位南原先生——"

"是那位南原先生，你认识他吗？"

"当然，但是，那位先生……"

恐惧和惊愕瞬间爬上这个女人的脸，看起来甚至有点儿扭曲，她一句话也说不出来，只是睁着大眼睛，看着警部的方向。

警部逼问道："他怎么了？"

"我……从报上看到他死了啊，一个死人怎么……拍这些照片？这完全不可能！"

"不，他先拍了照片后死的，照相机就落在他尸体旁边，我们从相机里洗出来的。"

纱江听了警部的解释，一脸难以置信的神情。

"但是，南原先生是被毒杀的吧！我从报纸上看到他喝了有毒的啤酒，然后御牧警署认定为毒杀案件。也就是说，那晚凶手就在他身边啊！不对吗？"

"……"

"这不是南原先生拍的，拍照片的人是下毒凶手，他看南原先生倒下了，便把自己的相机放在他身边。"

一直沉默着的御牧警署谷川侦查主任开口了。

“关川小姐，那是不可能的，这是死者的相机。相机上的指纹是本人，我们甚至查到了死者买相机的店。现在，我们想调查的是死者出于什么原因，要跟拍你的背影。你和南原先生之间，有什么联系？”

“什么关系也没有！”

“但是，他的相机里只有你，你就没想到什么吗？”

“完全没有，我觉得你们都误会了。南原先生之所以带相机来望月町，可能是想留住杨桐祭祀盛事的有趣之处吧！所以，当他看到火祭的情景、年轻人抬神轿时勇猛的样子，也会拍下来的。而他拍到了我的背影，不过是偶然吧！不然他也没有理由跟拍我啊！”

“可是，关川小姐，”谷川侦查主任再次推翻了纱江的意见，“那天，南原在相机里放了崭新的胶卷，但是，一张祭祀的场景都没拍，拍的全都是你的背影，他的目的只有你！”

“天啊！”

纱江的脸一下子红了，吓得连话都说不出来了。

“你明白了吧？南原的相机里，一张你的正面照片都没有，全都是你的背影，他的目的是什么？你就一点儿想法都没有吗？”

"没有啊！怎么有？我第一次听说这个名字，是俊去世那天。他和我就不是一个世界的人，现在您说他的目标是我，我却是怎么也想不通的。"

的确如纱江所说，俊的死亡是个偶然，而南原出现在那里，目击了事故，也完全是个偶然。

"那你，"警部接着问道，"见过南原先生吗？"

"只见过一次。"

"哦？什么时候？"

"这个月一号，俊头七那天。"

"在哪里见的面？"

"他的公寓。南原先生留在事故现场，一直陪伴俊走到生命最后一刻，为了帮助俊止血，把自己的衬衫撕了做绷带。这对我们全家来说是个大恩，我就和母亲商量着，在俊的葬礼结束后……"

"你知道他的公寓地址？"

"不知道，之前警部给我看了他的名片，我知道了他工作的事务所和电话。然后，便打电话去了事务所，问了他什么时候有时间见我一面，但他谢绝了我的当面致谢……经不住我的再三请求，他说这里是阵场先生的事务所，不太方便，让我去他的公寓见面……"

"我明白了，也就是说你得等到他下班再过去，那得晚上了吧？"

"是的，他告诉了我大手町的公寓地址……那时都八点了，他说希望见面时间不要太长……"

“你就按他说的做了。你是一个人去的吗？”

“当然，我自己开车过去的。”

“公寓里除了他还有别人吗？”

“没有，一个人也没……”

“也就是说，只有你们两个人会面了？”

“是的，警部，”纱江的语气有点儿僵硬了，“我去了南原谦也的别墅，对他表达谢意，这有什么问题吗？”

“不是，没什么问题，只不过他的相机里有你的照片，也就是说，他知道你八月十五那天会去杨桐祭祀，但是对祭祀本身毫无兴趣，他的目的就是拍你，拍了八张之后，他喝了有毒的啤酒。整个事件是怎么回事？警方现在毫无头绪，为了从你这里获取一些线索，我们不得不问这些问题……如果让你感到不快了，请多谅解我们，不，非常对不起……”

“您这么说，我愧不敢当。我在南原先生的公寓里只待了十分钟到十五分钟，一点儿没提起杨桐祭祀的事，只是对他表示了感谢，把从家里带来的礼物给了他……”

“哦……”好像再没什么问题可问了。

“那个，”纱江试探着问道，“南原先生那天是一个人去杨桐祭祀的吗？”

“这个啊，”警部摇了摇头，“目前还不知道，不过，你为什么这么问呢？”

“因为那天南原先生喝了别人给的一罐啤酒，而且是有毒的，也就是说，有人事先准备好了。南原先生毫不怀疑地就喝下去了，可见这个人不是突然出现的，可能当天两人在一起。

南原先生跟拍我，可能就是那个人让他拍的。"

"这个想法很有趣。"御牧警署的侦查主任破天荒地赞成了纱江一次。

"之前，我们也有这样的推测，就派人去了他的事务所调查了一下，事务所除了他，只有一个女性事务员。选举年份工作人员才会激增吧！据说南原那天留下这样的话——今天下午，我要去小诸市见人，回来得会有些晚，到下班时间还没回来的话，你就不用等我了，直接关门吧！"

"这样的事，以前也有吗？"

"他是阵场议员的秘书，经常约人见面、吃饭，有时候就住在外面。这个女性事务员的工作就是接电话、给访客端茶倒水，至于南原的工作内容，她也不是很了解。十五日下午，她像往常那样，送南原出门，丝毫没觉得他有异常的地方。"

一直沉默着的津村突然冲侦查主任问道："谷川主任！听您刚才一番话，我突然有个问题，南原的车在望月町吗？"

"啊？车……"

"南原开到上田市的车，他总不会是打车来的吧？当然是自己开车了，望月町有专门的停车场吗？"

"没有。"

"也就是说，他把自己的车停在某个民居了。如果调查一下这个，不就知道他是不是一个人了吗？"

这是个很有建设性的意见，像南原这样的青年怎么可能会不开车，反而坐出租车或公交。第一，杨桐祭祀是在晚上进行，看完祭祀再回到上田市公寓，没有车是不行的。所以，他的车一定还留在望月町某个地方。御牧警署难道没调查到这一步吗？

大家的视线都转向了谷川警部补。

不过，他毫无自信地摇了摇头。

"我们认为南原先生是坐火车从上田站到小诸站的，他没有开自己的车，所以，他的车也不会留在望月町。"

津村问道："啊？你们为什么这么认为？"

"这是从上田事务所那位女性事务员的话中判断出来的。"

那天下午，南原叫过那位女性事务员，对她说——我下午想去小诸市，你帮我查查四点到那里的火车吧！上田和小诸之间有条信越铁路线，长野新干线开通后，这条线路就作废了。如此一来，上班、上学的人都不方便了。县里就在轻井泽和长野之间开通了一条新线路，不过，走的还是之前的信越线。

南原跟女性事务员说，他就想坐这条线路过去，应该四点十分就到小诸市了。

"那时，我就觉得很奇怪。南原是阵场议员的秘书，经常需要出门。他有自己的车，而且一定有驾照。从上田到小诸只有一条公路，笔直就开过去了。为什么却要坐火车呢？所以，我就问了那位事务员。"

她回答说，南原先生最近都不开车了，据说有点发胖，所以，能走的地方尽量走着去。他每天都步行上班，车也没有停在事务所，只能坐火车过去了。

"南原先生爱车如命，每年都要换一两次车。最近开的是一辆进口车，昨天还开着一辆便宜的二手车，今天就换了一辆崭新的……"

这位女性事务员也很喜欢豪车，听说南原最近不开了，就想借过来开几天。

然后，南原说，他开够那辆车了，已经转给朋友了，等钱一到手就买个国产车。他实在开不来这种左驾驶位的车。

"所以，"谷川警部补接着解释，"南原先生那天坐火车抵达小诸，见了谁之后，又坐公交或者出租车到了望月。那个时候他是不是一个人，就查不下去了。当然，我们还在继续努力……"

土田警部看了看手表，说道："今天把关川小姐叫来，就是确认一下照片的事，看看你知不知道南原先生为什么要跟拍。现在事情也问清楚了，时间也有点儿晚了，差不多就赶紧回去吧！你们各位还有什么问题吗？"

警部环顾一圈，感觉大家都没有开口的意思。

美岳警署本乡警部补又代表大家站了起来，郑重说道："您可以回去了，关川小姐，今天真是辛苦你了！"

警部特意将关川纱江送到警局门口，又回到刚才的房间，房间里的气氛有些压抑。关川纱江承认了照片上的人是本人，也说明了八月十五日去望月町的理由。但是，也就知道了这些而已。加上她的一番话，南原谦也被杀案的疑云又厚了一层。

　　她从头到尾只见过南原一面，而且，仅仅是登门表达谢意，前后不过十分钟到十五分钟。理所当然，她不会提什么杨桐祭祀的话，南原却知道她会去望月町，顺着马路看祭祀活动。那他究竟是从什么人嘴里得知这消息的？

　　"谷川主任，"津村突然开口，"案件当晚，南原倒在了一家民居门前，然后被山越部长和我发现的吧……"

　　"对，你们二位帮了我们大忙。二位叫来救护车，把他送到了医院，并且很好地保护了现场，遗物上的指纹也保存完好。作为侦查员，你们做得很完善。我代表御牧警署对你们表达敬意。"

　　"没有没有，我只是做了一个警员该做的……只是，主任，"津村听了这番夸奖，脸红脖子粗的，拿起手绢擦了擦脸，"南原好像是趴在一个民居门口的长凳上，然后坐到地上的，那个姿势怎么看都有点儿别扭，我就凑过去看了一下……那个长凳平时就在那里，这个时节，即使坐在凳子上完全不能乘凉、看风景。"

"那个房子的主人姓日枝，是当地的老户了。虽然在门口放着一张长凳，但并不是用来坐的，而是用来放几盆盆栽。种植一些藤蔓植物，比如蔷薇什么的。到八月份时，这些藤蔓就会爬上上面的老树，开着漂亮的花朵。那个房子只要打开防雨门，檐廊就会伸出来，阳光从南边射进来。屋子里的老人都快九十了，早晨起床便烧壶开水、泡壶茶，坐在檐廊下看花。

"有天早晨过去，老人还招待我们喝茶了呢！

"杨桐祭祀晚上，他们收拾了盆栽，只留下长凳摆在那里。但是，这和我们的案子有什么关系吗？"

"也不是，我也说不出来有什么关系。"津村脸上一阵苦笑。

"可能南原那晚就是坐在那张凳子上喝了啤酒吧！他旁边还坐着个人，也就是那个给南原啤酒的人，他们旁边就是为观看杨桐祭祀走来走去的人们。

如果是望月町的人，他们熟悉这条凳子平时是用来摆花的。现在坐着两个在聊天的人，他们一定会好奇地看上两眼：这两人是谁啊？这就是目击者。很可能就这样聚过去四五个围观的人，御牧警署一定调查过了吧！"

对于津村的话，御牧警署的侦查主任多少感到意外，语气也强硬起来："当然，这些都是最初步的调查。"

"那有目击者吗？"

"没有，一个也没有。"

"那就是说你们现在还在找目击证人了？"

"没有，已经停止了，可以吗？各位。"御牧警署侦查主任将目光从津村身上离开，环视一圈在座的人。

"当晚，我就对侦查系全体警员下达命令：找出目击者，查明被害者南原和谁在一起过，都做过什么？根据警员们的反馈，他们询问了远近不下一百二十个人，没有人注意到南原谦也，也没人注意到有人在那个长凳旁边喝罐装啤酒。

"当然，祭祀过程中肯定有人拿着一罐啤酒、冰咖啡或者瓶装果汁，边走边喝。但是，我们问过，那个人长什么样子，是年轻人还是中年人，穿着什么样的衣服，有没有同伴，两人边聊边走吗，这些问题没人能答得上来。虽然，大家都睁着眼走路，也能看到周围的情景。但是，谁都没往心里去，说穿了就是看没看到都一样。

"祭祀当天，出入望月町的人不下一万。神轿经过的旧中仙道也有数千人走过，看到过日枝家和那张长凳的人也有几百个，但是，没人注意到南原谦也和我们推断的那个人。

"综上所述，路人的视线接近于零。这就是我们的结论。"

御牧警署侦查主任说完这些，又把目光转向津村："你明白了吧？津村警员。"

沉浸在一番长篇大论中的津村，突然听到自己的名字，吓了一跳。

"啊？哦，我觉得……负责侦查的警员们太辛苦了……那个……找目击者太难了……我十分明白。"

"不，津村警员，我想说明的是目击这个说法本身就有问题。"

"啊？"

"也就是说大众眼球。人多的话目击者就多。"

"啊……所以，查找目击者就比较困难了。"

"不，不是这样的，侦查工作困难和辛苦是应该的，我想说的是问题的本质，你明白了吗？津村警员。"

"哦。"

"换句话说……"

御牧警署的谷川警部补还想说点什么，但津村一副呆呆的样子，仿佛被什么问题难住了。看到这个情景，土田警部插了进来。

"不，谷川，你的话我们很理解，大众视线相当于零，我们很敬佩你这种哲学式的思维。"

"谢谢，但是我可不是在说什么玄妙的哲学……"

"不，这就很了不起了，这是关于认知和识别的心理区别，我从中学到了很多。"

"不，没那么高深了。我只是问了大众一个问题，当他们漠然地看着周围时，能看到什么？结果他们一个人都答不上来……"

"是，这不就是认知吗？首先，自己看到某些事物后，调用以往的知识和经验来思考和感知，这是什么？放到我们案子上，如果他们认识南原谦也、在脑海里有他的印记的话，你的问题一定难不倒他们。但是，没有这样的目击者存在。也就是说，大众的眼球漠然地朝南原谦也一瞥，却没有经过认知和识别的心理过程，所以，就没有目击者。

"所以，从谷川的哲学思维中，便诞生出了一个新鲜思维——大众视线相当于零。我作为一名侦查官，一定谨记您的名言。"

看警部认真的语气，真不像在开玩笑，但是，也绝对不是认真的。啊！这是谁啊？太厉害了。本乡警部补盯着警部，简直不敢相信。

另一边，御牧警署的谷川警部补一脸可怜相，不断擦着额头的汗。

"不，呃，警部，我没有那么有学问，只是，我想说，如果是一大群人都看到的话，反而没有目击者了……啊，听起来像在辩解，但是，大众视线相当于零……是大家自暴自弃了的说法，现在上升到哲学高度了，我觉得很不好意思……算了，这个话题到此结束吧……"

"这样啊！我还以为是哲学上的观点呢……那今晚的会议先开到这里。关川纱江确认了照片女人的身份，而且，她也完全不知道被人偷拍的事。她看到照片那一刻错愕的表情，绝不是演出来的。总之，今晚明确了上述两点就很不错了。现在散会吧！谷川先生，辛苦了！"

土田和津村将御牧警署侦查主任送上车时，关川纱江的车刚好开进自家大门，她在院子角落的车库前熄了火。

　　她把自己陷进座位上，眼珠子一动不动。她回忆起刚才在警局说过的话，一句一句考虑了一遍。

　　（没事，没说什么能引起怀疑的话，我的回答天衣无缝。不过……）

　　当照片摊在眼前时，她着实吓了一跳。她当然知道杨桐祭祀那晚南原会来，但没想到他会带相机来。现在回想起来，的确是有这个可能。

　　（一切都按照计划进行着，唯独这一点没算到。但是，现在也不用担心了。）

　　警察认为那些照片是在拍纱江的背影，也不是没道理，所有的照片中心人物都是她。

　　（但实际上，南原想拍的另有其人，不过警察们肯定想不到这一点……）

　　那天晚上，她发现了跟在背后的南原。于是，她为了吊他胃口，故意一会儿疾走，一会儿慢行。

　　（那时，南原心里一定扑通扑通跳，全神贯注地看着我的一举一动和经过我身边的男人。）

那个男人，关川纱江创造出来的"电话男"——

南原相信了这个人的存在！当他听到"电话男"当时在场、肇事车上坐着两个人的话时，吓得魂不附体。

（我自己创造出一个"电话男"并把"电话男"的事告诉了南原，然后他的一举一动便全在我的掌控之中了，就像个被我操控的傀儡，至于那天晚上……）

所有的事情就按照纱江的设想有条不紊地进行着。

纱江睁开了眼睛。晚饭的时间到了，母亲一定做好了饭，等着晚归的女儿。

纱江打开车门走了出去，真是凉爽的夜晚。她伸开双臂，狠狠吸了一口清新的空气，头顶上美丽的夜空里，星星正闪烁着光芒。

中间，突然有颗星星强闪了一下，俊就住在那里吧！

平时纱江无法跟别人说的话，都会跟俊说。今晚，她心情舒畅，又有了想跟俊说话的冲动。她对着夜空上那颗闪亮的星星，说了起来。

（俊！姐姐刚从警局回来，但一点儿都不担心。没事哦！警察什么也看不出来。撞了你的凶手落进了姐姐的圈套。他大大咧咧地来到杨桐祭祀，一定想不到会丢了性命。知道事情经过的，只有俊和姐姐。警察们调查了一番，却发现整个案件都是谜，真相始终没有浮出水面。最终，警察只能将它作为"待解决案件"，草草结束了。迷宫——警察称这样的案件是"进了死胡同"！）

（迷宫……这个比喻真好，迷宫是个大宫殿，俊一定是住在宫殿的王子，姐姐就是公主。宫灯长明，金碧辉煌。所有的人都想进来，但盯着灯光往前走的人都迷路了，谁都进不来。所以，这座宫殿就被称为"迷宫"。）

（这个故事好玩吧？姐姐从很早之前就想写一部小说，把这个故事写进去。大家读了这个故事，都说：哎？还有这样的案件？做得滴水不漏啊！当然，插图就拜托俊了，你一定会把姐姐画成美人的。嗯？小说的题目？我想好了哦！就叫《傀儡死之夜》吧！故事的中心就是那个男人哦！掉进姐姐圈套，任姐姐为所欲为的男人，把他放到题目中去吧……）

（啊！流星！看来俊赞成姐姐写书呢。我知道了，你一定好好看着姐姐哦！）

纱江冲消逝的流星挥了挥手，往家里走去。自己的想法一定能传到住在星星上的俊那里，我替俊报了仇。如果说我在犯罪，那南原谦也比我有过之而无不及。谁都没办法制裁我。

站在门口，纱江又深深吸了口气，打开门，客厅里传来电视的声音。

"我回来了！"她语气明朗地冲母亲打招呼，"回来晚了，不好意思啊！妈妈，今天的职工大会可真能拖啊！"

母亲立刻探出头来道："你回来啦！"

"晚饭怎么样了？我肚子要饿扁了。"

母亲听到纱江雀跃的声音，笑了笑，转身进了厨房。这是个平静的晚上。

第九章

之后，日复一日，月复一月，年复一年。

美岳警署管辖范围内的"交通肇事逃逸案"仍无进展。御牧警署手头的"南原谦也毒杀案"也没有将凶手绳之以法。

但是，两个警局都没有放弃努力，一直在兢兢业业地调查。因为案件本身的诡异，他们终究还是徒劳无获。

比如，志木温泉附近发生的交通事故。现场周围都是广阔的水田，水田中一条笔直的农道，但没有来往行人和车辆。也就是说，没有目击证人。

而且，事故当天下了雷阵雨，轮胎痕迹都被冲刷走了，判断不出是什么车。

再者，发现事故的南原谦也在现场走来走去，掩盖了凶手的足迹。

美岳市警署调查了市区和周边的汽车修理厂、喷漆厂，但没发现肇事车辆。

首先，无法确定肇事车是长野县的。这附近有个轻井泽别墅区，夏天各地学校都放假了，可能有旅游和兜风的人胡乱驾驶，酿出车祸后逃回东京、横滨和别的府县。如此一来，美岳市警局就鞭长莫及了。

御牧警署那边的"南原谦也毒杀案"连犯罪动机都调查不出，成了个无头悬案。

他在望月町被杀，但当天谁都不知道他去过望月町。同一事务所的女事务员也只知道他要去小诸市见什么人。无论是上田市还是小诸市，都没人见过他，也没有找到那个他"要见的人"。

御牧警署便猜测——当天他在上田市某处见了某人，然后坐那个人的车去了望月町。

也不知道那人是男是女，御牧警署推测，一定是同行的那个人杀了南原。但是，两人之间是什么关系呢？这个判断不出来，这个推测就毫无意义。

就这样一直没找到案件的线索，侦查小组也就解散了。没有报纸和电视节目报道出事实，媒体的关注点也就转向别处了。

在御牧、美岳两警署的案件处理簿上，有人怀着遗憾的心情做了标记——"未解决案件"，整个案件只留下这几个字。

之后，时光飞转。

现在，警员们都不再提起这个案子了，这些都埋在记忆深处了。

而且也没人了解这个案子了。当时负责案子的警员有两人去世，另有荣升调任的，也有到年退休的。随着时间流逝，他们的命运和境遇也改变着。

但是，有一个人还记得。他从警察的岗位上退休了，看起来应该安享晚年了，实际他却没有。他就是当年负责"交通肇事逃逸案"的土田警部。

　　那个案子两年后，他被县警署提拔为警视，去了县南部一个小警署做了署长。两年后，他又被调到县北部的警署做署长。又经过了两年，他退休了。

　　他的大儿子，从大学法律专业毕业后进了厚生省，在医务局做重要工作。他的妻子是东京综合医院副院长的女儿，他们生了一男一女，现在在上小学，住着电视剧里那种宽敞的公务员宿舍，过着优雅的生活。

　　（说了这么多，作者接下来想讲述土田警部一家的生活。当然，土田已经晋升为长野县的署长了，不该叫他警部了，但是，作者常年以来一直称他为警部，现在想改也改不过来。请读者谅解我这种心情。）

现在，警部和他的夫人生活在长野县东部的农村，西南方向是海拔两千五百三十米的蓼科山，往东则是雄伟的浅间山。这一带的农家主要靠种植水稻、高原蔬菜、苹果来维持生计，不过种田的年轻人越来越少了，呈现出人口稀少的趋势。

这地方大约有八千人口，以前叫做牛伏村，后来町村合并，牛伏村这名字也不再叫了，但是村子还跟以前一样。

长野县牛伏村——这是警部的父亲当年做巡警时赴任的地方，他在这里工作三年后退休。警部的父亲没有参加过一次晋升考试，他的全部警察生涯都在做巡警，因为他志不在此，他生来爱好文学。

土田巡警第一次在我的作品里面登场，是《天狗面具》之时。旧梦就不赘述了。对土田巡警来说，为了晋升考试看一些法律书籍，远不如看小说来得痛快。他结婚之后，除了必要的生活费，只在买书上花些钱。

他能过着这样的生活，全是因为有个贤内助。妻子的母亲是女子学校家庭科的老师，但她将西式、和式裁缝技术都教给了孩子。

"包括丈夫的睡衣都该自己做。学会了这些，你就可以自己做衣服啦。按照喜欢的样子裁剪、设计，做出世界上独一无二的衣服，穿上它会特别有成就感。"

妻子的母亲是这么说的。巡查的妻子的嫁妆就是母亲给的缝纫机和技术。

二战后，一直以来穿裙裤和田间工作服的女人们终于可以穿上漂亮的衣服了。

那时，每逢村里开会，妻子便会代替土田出席，她一身华丽的洋装吸引了年轻女孩的目光。这些都是妻子用便宜的布料缝制出来的，姑娘们知道后赞叹不已。于是，村里的少妇和待字闺中的姑娘都来到巡警所，跟妻子学习服装裁制的知识、技术。牛伏村的巡警驻在所变成了洋服制作学校、手工艺教室，土田巡警也默许了这种变化。不仅如此，他还把自己海藏的小说借给别人、讲解名家作品，教他们如何阅读、如何享受阅读乐趣。

巡警所成了牛伏村的文化中心。村里开会决定设立一个村立图书馆，开展各种村民文化活动。村民带来的谢礼，巡查夫妇一分钱都没收，全都是义务支持。

村民们知道这对夫妻是不会接受金钱感谢的，便常送他们些时令蔬果。村里也有养鸡、养猪的人家，面对着他们带来那么多的鸡蛋、鲜肉，巡警妻子十分为难，便分给邻居一起享用，并且总送些茶酒做回礼。

秋天，村民将打下的新米做成饼，运到巡警所厨房。土田家基本不用在吃饭上花钱了，这些都是妻子缝纫技术的功劳。妻子会把收入拿出一半来买书，充实村立图书馆。

路不拾遗、夜不闭户、充满温情、风景秀美，就在这样一个村子，土田巡警走完了人生最后一程。

前年，他跟村长说自己马上就要退休了，想看看村里有没有地，划出一百坪（大概三百平方米）来，再从村里的树林伐些树木，便宜点卖给他。

村长立马召开村民大会，大家一致同意，便将盖老师宿舍时剩余的地划一部分给他，价格非常便宜。村里有建筑公司和建材市场，大家听说土田巡警要永远住在这里，都想帮上点儿忙。从设计到完成，土田巡查基本没插上手，而价格还不到市场价格的一半。

房子建完，他为了表达对村民的感谢，就将自己的藏书悉数捐给了村立图书馆。村长十分感动，在土田退休时，他便授予了土田村立图书馆名誉馆主职位。每逢村里要买新书，便会征求土田的意见，对于他来说真是个美差了。

土田巡警在村民的深情厚谊下，晚年过得十分幸福。他去世后三年，妻子也跟着丈夫去了另一个世界。那时，他们的儿子土田刚被任命为警部补，成为了县南部警署侦查系系长。对于过早去世的父母来说，这无疑是个很大的安慰。

父母去世后，老房子便没人住了，土田将房子托付给巡警所的新巡警照看。村町合并之后，巡警所没被撤销，对于警部来说，是个好消息。

对于巡警所的巡警来说，这是自己的上级的上级拜托的事。每周，他都去老房子开窗通风，十分忠诚地履行使命。

土田警部退休后还能回来，都是父母当年的功劳。

本来就是木制建筑，十分坚固。土田回来后，又找工匠翻新装修了一遍。警部的妻子将行李打包带过来那天，看着眼前焕然一新的宅子，就像做梦一样。

"这就是我们养老的地方吗？"

"对啊，我们就死在这里吧！"警部重重地点了下头，我们就死在这里。听起来这句话既突然又粗暴，但那一刻，警部内心复杂的感情却是无法说出来的。

（父亲在这里结束了警察生涯，相濡以沫的母亲也在这里住到生命最后一刻，这里住着我父母的亡魂吧！我现在也退休了，你陪伴我走完前半生，我当然要给你一座理想的房子。太好了，只有我们两个人的生活，多么安静清闲啊！）

警部那时满心欢喜，但不善表达的他终究没说出来。

不过，警部的妻子却十分满足。她从丈夫的表情中读懂了他此时的心情，这么多年了，她怎能不了解丈夫？

她回头轻笑道："是啊，这里是我们的家。"两人心有灵犀。

就这样，他们度过了安稳的第一年。不过，第二年开春，警部的妻子就发现丈夫的行为有点不对劲儿。丈夫口齿不那么清楚了，跟他说话也没反应。不管问他什么，都一副不想理人的样子。妻子急道："哎！你听到了吗？怎么不说话？"

对于妻子激烈的言辞，丈夫只是把头转向她那边，眼神一点焦点都没有。"怎么了，你？是哪里不舒服吗？你不说话我也不知道啊！"

丈夫木然不应，看着妻子的脸也毫无生气。他没有表情了——

那之后有半年了。如今，警部过着怎样的生活呢？

终章

屋子门口的帘子半卷，明亮的阳光斜照进来，秋天的日光和煦温暖。

　　警部调整姿势，让阳光能照在膝盖上。一小时了，他就那么坐着，静静地盯着院子。院子里摆着邻居送来的两盆菊花。

　　这两盆是厚朵菊花，纯白色的花瓣开得旺盛灿烂。菊花的花期很长，可以观赏不少日子。等它凋零时，这一带就开始下霜了，酷寒的冬天也就到了。

　　警部的妻子看着丈夫端坐在那里，两腿盘着，两手抚膝，一副老僧入定的模样。偶尔她会翻开眼前的报纸，瞥上几眼。丈夫还是会说话的，刚才她端来一壶热茶和丈夫喜欢的草饼。

　　"来，喝杯茶吧！"

　　警部问道："您是哪位？"

　　妻子笑道："我？我是信子哦！快喝吧，别凉了。"

　　警部一脸认真地点点头道："承蒙您的照顾！"

　　妻子最近都习惯这样的对话了，也配合着他说。

　　丈夫盯着院子里的菊花看，并不是在欣赏菊花的美态。不，他现在已然感受不到美丑之分了。

　　今年五月，在厚生省供职的儿子极力要求他们去东京看病。P医科大学医院的大西医生是国内精神科的顶级权威，据他诊断，丈夫患了阿尔茨海默病。

一月时，警部就有老年痴呆的迹象了，妻子虽然觉察到了，但不好意思对身边的人说。她不愿意承认丈夫得了心病。

四月下旬，在儿子诚一的电话劝导下，她终于下决心带丈夫去看医生。

"啊，妈妈你真行啊！你就没觉得爸爸最近有点不对劲儿吗？"

"不对劲儿？哪里啊？"

"语言和行为都有点儿反常。"

"这是因为你爸爸上岁数了，最近才会忘东忘西的……"

"是吗？忘事儿也得有个限度啊，像爸爸这种忘法就是病了。昨天，爸爸打了我家里电话，我上班去了，房江接的电话……"

房江接起电话，就听到话筒里传来："喂喂！是诚一吗？"

房江立马听出是公公，说："哎呀！是爸爸，好久不见了，您还好吗？"

"你是谁啊？"

房江吓了一跳，说道："啊！您不记得我了吗？我是房江啊！房——江！您找诚一有什么事呢？"

"奇怪的女人！"爸爸自言自语一句，挂了电话。

"天啊！有这事？"

"是啊，房江刚放下电话，电话铃又响了。还是爸爸的电话，说要找我，房江吃了一惊，就问他刚才怎么了，突然挂了电话。爸爸说：你是谁！是你赶走诚一的吗？说完，就啪地挂了电话……"

"这可真把房江吓着了吧？"

"房江边哭边说，你那个优秀的老爸、那个精气十足的老爸完全变了一个人。咱妈一直陪在老爸身边，就没察觉出他不对劲儿吗？"

"这样啊……最近有个邻居去世了，我们要去参加葬礼。我像往常那样给你爸爸准备了黑西装，让他去二楼换，但他很久都没下来。我就上去看看，发现他把黑领带卷在头上，呆呆地坐在那里。见我来了便把领带扯下来、扔给我，问：这个黑布条是什么？怎么用？"

"嗯？有这种事？妈妈你怎么不早点告诉我啊！爸爸这明显很反常啊！"诚一一下子急了。

"这种事情也只是偶尔……我怕告诉你了，你会担心……"

"妈妈，您说什么呢！我们可是父子，我就一个爸爸，这样下去就完了！得抓紧带他看医生，您不会还不好意思吧？我会尽我所能，好好赡养爸爸的……"

儿子的嗓音有些颤抖了。母亲想到儿子在电话那边落泪的样子，也忍不住哭了——

五月上旬，母子二人商量好带警部去东京，儿子请假回来接他们。

警部的妻子深深自责。如果早去半年，他的病就不会这么严重了。所以，她对儿子说：你也很久没休假了，请个假来看看你爸爸吧！儿子一点儿都没惊讶，满心欢喜地点头称是。

晚饭后，诚一聊到两个孩子，劝道："爸爸，您的孙子都很想见您啊，他们说想让爷爷过来听他们弹钢琴、看他们画的画，两个孩子都等着您哪！明天您和妈妈一起去东京吧！您也好久没去东京了，行吗？爸爸……"

警部听着电话，看了看妻子，问道："我都当爷爷了吗？"

妻子笑道："是啊！你现在是爷爷了，桂太和小绿，你不记得我们两个可爱的孙子了吗？"

警部没有回答，甚至没有点头，只是茫然看着帘子。妻子看着警部的样子，心如刀割，把双手放在丈夫膝头。

"你明天和我一起去东京吧？你、我、诚一，我们三个一起去，大家都等着我们呢，桂太和小绿也在等着你呢！"

"嗯，吃饭，我们快点吃饭！"

妻子刚想说饭才刚做好呢！转念一想，高兴地说："好的，马上就准备好了！先给你和诚一上壶茶。"现在她都不敢正视丈夫的脸了。——这个人就这么病下去了吗？看着他这个样子，真是又害怕又担心。

第二天，警部换上了夏天的衬衫，虽然让妻子帮了忙，但好歹穿戴整齐了。他按诚一说的那样坐了新干线，又转了出租车到了公务员宿舍，一点儿没给别人添麻烦。当然，妻子全程陪护着他。

这几天，看着警部只相信儿子、整天围着儿子团团转的样子，妻子终于松了一口气，也升腾起了一丝嫉妒之情。

当他们到诚一宿舍门口时，房江迎了出来，热情地欢迎他们："哎呀，爸爸妈妈，你们可是到了！累了吧？"

警部看着儿子问："这个女人从哪儿来的？"

果不其然。警部妻子叹了口气。

吃晚饭时，警部一句话也没说，一脸严肃的表情，两个孙子看了，吓得赶紧跑了。

警部的妻子还记得，有年正月，诚一夫妇带着五个月大的孩子回来过年。警部像抱着个宝贝似的，看着怀里的孩子说：这孩子太可爱了，我恨不得一口吞了。看着孩子白嫩的笑脸，他总忍不住去捏，怎么看也看不够。

看来丈夫完全不记得这些事了。

老年痴呆了，头脑会变得不清楚，渐渐什么都不认识了……这种病人的事和家里人的烦恼她也有所耳闻。如今，自己的亲戚中也有两个老人得了这种病。以前，她听说这样的事，总是皱着眉头说太可怜了，完全没有亲身体会。现在，沉重的现实就这么压在她身上。

他们夫妻还是第一次住在儿子家，枕边的丈夫睡了，打着小呼噜。妻子看着丈夫的睡颜，在心里说——

你好好休息吧！你太累了，警校毕业后你就开始奋斗，终于当上了署长。因为你，诚一才能上一流的大学，走上为官之路。我呢，每天都过得自由自在的。

你的脑子劳累过度了，现在它需要休息了，所以，你的记忆力才退化了。不过，没事的，不管你变成什么样子，我都会陪在你身边。不会离开你。我会用生命来保护你，直到最后……

妻子直直地坐着，看着丈夫的脸，泪珠不断滴下来。

第二天，房江开车带着诚一、警部去了 P 医大附属医院，见了精神科的顶级权威大西教授。毕竟诚一是厚生省医务局次长，教授、技师、助手做了完善周到的准备，就等他们来了。

　　警部的妻子当然没看到当时的场景，不过她从诚一嘴里听说了。"我对爸爸说：那是我建的中心国立医院，建筑、设备虽然不奢华，但里面的医生都是一流名医，今天带您过去看一下，怎么说也投资了近百亿日元。爸爸一听，问我：这是你的医院吗？我说：是啊！这里的医生都认识我，我想让爸爸永远活下去。对了，今天先来个体检。让一流医院的一流医生给爸爸体检，太棒了！这种机会可不常有。爸爸听了什么也没说，只是看着车窗外的风景，好久嘟囔了一句：我不喜欢吃药。听了这话，我放了心，爸爸听到医院、医生能联想到药物，说明他多少能理解我说的话……"

　　到了医院，警部在诚一的指导下，进了教授的诊疗室，端正地坐在教授面前，但所有的问题都不会。比如"3+4=？"和区分红黄绿颜色卡片，这些考察记忆力的问题他都答不上来，只是茫然地看着教授。教授也是见怪不怪，为了不破坏患者的心情，技师和助手麻利地拍了几张脑部片子。

第二天，诚一将警部夫妇送到新干线的车站，诚一买了绿色车的车票，说："如果您搞不定爸爸了，马上跟司机说哦！"不过，这种担心是多余的。警部一路上话都没说几句，只是嗯、啊、好地回复几个问题。

几天后，诚一来信通知了诊断结果。

病名叫阿尔茨海默症。

诚一在信里说，以前这病叫"老人痴呆"或"老年痴呆症"，现在技术发达了，可以拍脑部CT，能更加准确地确定病因。

据教授说，人的大脑内部有"灰白质"区域，这些神经细胞会随着年龄的增加而减少，甚至萎缩，从而导致脑部功能退化。现代的医疗水平还无法创造这些细胞，使脑部恢复正常状态。

除了信，诚一还邮来《大脑锻炼方法》《护理和看护》等书。

"阿尔茨海默病是一种脑部功能退化的疾病，并称为失智症，但失智症有很多情况，临床表现因人而异。有人安静地待在家里一动不动；有人四处乱跑；有人失去自制力，变得暴力；有人失去记忆力，认不出人；有人找不到家里的厕所和洗漱间，在垫子和蒲团上大小便。总之，症状千差万别。不知道爸爸将来会变成什么样子。昨晚，我和房江商量了一下，我们目前还无法放弃东京的工作、回去照顾爸爸。所以，现在只能辛苦妈妈您了。不过，爸爸的病症今后可能会变，出现一些你想不到的情况。那时您不要一个人扛着，赶紧给我电话。社会上有一些收容类似患者的机构和医院，我可以随时为爸爸安排……"

（看看这信，我们的孩子为你考虑了很远。）

不过，警部的妻子却另有想法。

（妈妈可不想把爸爸送到医院或机构，你爸爸脑子退化了，形同废人。能照顾他、陪护他的只有妈妈。）

时隔半年，警部妻子的心情没有丝毫动摇。

不过，警部的病情可是比半年前严重了。

记忆力完全退化，前两天妻子手把手帮他换上厚毛衣，刚穿完，警部说："辛苦您了，您打个车回去吧！"妻子笑了笑，说："不用了，我住得很近，走回去就行。"警部一脸难以置信的表情，答道："原来是邻居夫人啊！"

不过，有时候他会突然召唤一声"喂"，问他有什么事，他就说"来杯茶"，跟正常人一样。但是，热茶刚端来，他就一动不动地盯着房间一角，问他："你不是要喝茶吗？不喝啦？"他突然说："不急！今晚逮捕他！"然后，就在那一片踱来踱去。看着他这个样子，妻子忍不住叹了口气。

日子就这么一天天过着，警部始终没出现暴力、暴走症状，这对妻子来说就是天大的好事了。

现在——

门帘半卷，秋日的阳光射进来，照在警部的膝盖上。

警部就这样一动不动地坐了将近一小时，像个入定老僧。

一旁的妻子把报纸摊在矮脚桌上，两手支颊读着报纸，时不时把目光投向丈夫那边，看着他笔直的后背。

丈夫正对着两盆菊花，纯白色厚瓣菊开得旺盛，沐浴着秋日的阳光，有种说不出来的美。

他们刚搬过来时，附近一个培育菊花的老人家来了。"我是你的叔叔辈的，是你爸爸当年的老熟人，经常受到你妈妈的关照。为了表示感谢，你爸妈活着的时候，我每年都给你们家送菊花。如今他们的儿子也回来住了，我太高兴了，我还给你们送。你们不要客气，这是我的乐趣。"

就这样，今年那位老人家送来两盆菊花，丈夫可能看不到这些花的美态了，但头脑中多少残留点感知美的能力。

老年痴呆、阿尔茨海默症、神经病、失智症，不管叫法有什么区别，反正丈夫的大脑正在被时间这把无情的刀一刀一刀地割掉了。

如今，丈夫混沌的大脑中漂浮着什么想法呢？还是说过去的事都搅和在一起，混成了一锅糨糊？

不过，他始终记得自己是个警官，是个警察。

两三天前，妻子整理衣柜，把夏天的衣服收拾了，冬天的衣服找出来。下午一点左右，丈夫吃了三个果酱面包和牛奶，然后便上了二楼，躺在床上，一脸怔忪地看着天花板。这是他的习惯，也是妻子最放心的时候。

她把夏天的衣服整齐地叠在一起，放在榻榻米上，拿出冬天的毛衣、秋裤。突然，背后传来一声："搜家吗？"

丈夫不知道什么时候下楼来了，妻子吓了一跳，转过头来。警部又开口了，语气严肃："有证吗？"

"啊？你是说搜查证？"

"对！"警部重重地点了下头，"先申请搜查证。"

然后，他走到厨房，接了杯自来水喝了，又上了二楼。

警部的妻子看着他的背影，想起了搜查证的典故。这是从"搜家"这词联想到的。

刚结婚时，来家里的同事都叫丈夫"阿长"或"便衣长"，她对此很不解。丈夫明明叫阳太郎，他们为什么叫他阿长呢？

"他们为什么叫你阿长，这是你另外一个名字吗？"

"怎么会！我现在是巡警部长，他们把'部'字省掉了，直接叫'长'嘛！"

"那为什么叫便衣长？"

"便衣的意思是刑警，我当巡警那会儿就特别想做案件侦查工作，想当个刑警。后来，总算是当上了巡警部长。便衣警长省略着叫不就成了便衣长吗。"

"为什么刑警被叫做便衣呢？"

"便衣是一种暗语。"

"暗语？"

"是啊，同事之间使用的，明治时代开始流行的说法吧！那时候法律上承认了巡警这个职业，那之前，比如江户时代都叫大老爷和捕吏。"

"我知道啦！钱形平次呗？"

"不是，他是个最下等的捕吏，那时候叫下等捕吏或低级侦探。但明治时期的侦探中，如果是主要负责侦查的则被称为刑警，基本和现在一样。这就是为什么他们叫我作便衣。"

"……"

"也就是服装啦！巡警会穿着全国统一的制服，全国哪里都一样，不过刑警就不行啦！"

"为什么？"

"刑警有时候要暗地调查案件和嫌疑人，如果别人一眼看出你是个警察，就会有所戒备，事先将证据什么的藏好了，这可不行啊！"

"这样啊，如果是巡警，一眼就能看出来呗？"

"所以，明治时期的刑警都不穿制服，和普通人都穿和服，然后在袖口缝上标志，被称为'方袖警察'。"

"哦，我知道啦，是没有分叉、整个袖筒是方形的窄袖和服。"

"窄袖和服省略中间，取头尾的日语发音就是'衣便'，前后倒置便成了'便衣'，这就是便衣暗语的由来……"

"天哪！窄袖和服先省略成'衣便'，'衣便'又颠倒成了'便衣'，暗语有这么复杂啊！"

"像这种读法颠倒的暗语有很多,比如家宅搜索被叫作'搜家',意思是进入嫌疑人家里查找证据。为什么家宅搜查能变成搜家呢?这也是一种暗语。"

"哦,这样啊……"

"家宅搜查先省略成家搜,前后倒置就成了搜家。暗号大多如此吧!"

这都是几十年前的事了,新婚时她就告诉自己:"我还是个新媳妇,我应该听着他的话,仰视他威严的面庞——"

警部的妻子之所以能回忆起这些陈年往事,都是因为警部刚才说了个"搜家"。

刚才,丈夫看着榻榻米上的衬衫、裙子胡乱堆成一团,就想起了自己当警察时搜的场景,一句"搜家吗"便脱口而出。丈夫晋升为警部后,了解要想搜家必须要有搜查证,他曾得意扬扬地说:"搜查证由法院出具,委任我为负责人。所以,搜查证必须向法院申请。"

搜家和搜查证。这两个在丈夫的记忆中紧密联系在一起,所以,他一下子想起来这两个词。

(丈夫还没有完全痴呆啊!他做刑警和侦查系长时抓犯人的记忆还很鲜明。)

想到这一点,妻子感觉有了点希望,不过,这只是偶尔。看着此刻沐浴在阳光里一动不动的丈夫,她的心情很暗淡。

(以后,丈夫会变成什么样子呢?)

儿子诚一邮过来的医学书上写了,现代医学是无法治疗这种病的。

这让妻子很绝望，只能眼睁睁看着病情恶化，没有治疗方法。得了这样的病，丈夫很烦恼吧！不，他本人或许都意识不到自己得了病，更别提烦恼了。

等丈夫的病情到了最严重的时候，丧失了全部的记忆、思考、判断，他的肉体还活着，还能呼吸、吃饭、排泄、睡觉、醒来、无意识地活动手脚，可能也会暴走、乱扔东西。那样子的他根本不是我的丈夫。

警部的妻子继续思考着，如果说他不是我丈夫，那他是谁呢？土田阳太郎的形骸不过是个包裹在衣服里的肉体罢了。

不，就算没有了精神机能，活动的肉体就是丈夫的生命。就像他刚出生那样，只有肉体的生命本原。现在丈夫的生命之灯还有点点灯火。

不过，一阵小风刮来这小火苗就熄灭了吧？谁能防止吹过来一阵风，把他生命吹灭呢？

一定不能让他死去，曾经，他照亮了我前半生的生活，现在换我来守护他的后半生。

看着端坐在房间里的警部，妻子一阵感伤。

（你不会有事的，我会永远陪在你身边，从我们结婚那天起，我就发誓要和你白头偕老。）

不过，如果自己先丈夫而去的话可怎么办？

（如果那样的话，就太对不起了，我想做点什么也做不到了。）

她突然想起一则新闻。

从这对夫妻的死亡时间来看，是妻子先去世，得了失智症的丈夫想把她弄醒做饭，就从背后把她抱起，结果体力不支，两人一起倒下，就此死在一起。

那是怎样的情景啊？妻子摇了摇头，把这种不吉的想象从脑海中赶走。不过，也没什么，两个老人抱在一起死去，这也是挺幸福的事呢！她意识到自己心中的某一处已留下这念头了。

一滴泪珠沿着脸颊滑下，落在面前的报纸上。那时，突然听到一个声音。

"有人在吗？"

"在。"

妻子慌忙拿起旁边的 T 恤擦了擦眼睛，向玄关走去。那里站着一个快递员。

"是土田先生家吗？"

"是的，有事吗？"

"他以前在美岳市警署工作过吗？而且还当了警部……"

"我丈夫的确是美岳市警署的警部，不过后来又做了警视，当了署长。"

"哦！真了不起！"

"您找我丈夫有何贵干？"

"我是来送邮包的。"他把手里的信封递了过来，"包上署名是美岳市警署的土田警部。邮局把信送到后，对方说没这个人，后来查了花册子说以前倒有。邮递员就问警部现在的住处，不愧是警察，一下子就查出来了，便在信封上贴了现在的地址，又把信放回邮筒。就这样，辗转到了我们邮局，信封上只写了土田警部，没写名字，如果弄错了就麻烦了，我们打听了很多人，才把信送过来了。您看看，没错吧？"

"是的，没错。"

"太好了，那您签收吧！"

"辛苦了！"

店员把信给了土田的妻子，便骑着自行车离开了。

这个信封很大，里面鼓鼓的。贴了三张八十日元的邮票。收件人是美岳警署的土田警部。便签上写着"请送到这个地址"，旁边是他们的现居地。丈夫退休后，给各方写了退休信，所以，美岳市警署能立刻查到他们现在的地址。

写信人是谁呢？妻子看了看信封背面——上田市中央三丁目，千曲医院关川纱江。

关川纱江？没听过这名字，丈夫也没在上田市警署工作过，在哪里结识了这样一位女性呢？信封表皮上有些红字，写着：务必亲启。也就是说，除了土田警部，谁也不能看。但是，丈夫现在哪里还认字啊！

不过，她就这样拆了信未免内心不安，便拿着信去找丈夫。

"有人给你写信啦！"

丈夫有了点儿反应，眼神浑浊地看向妻子。

"你看，就这封信，收件人美岳市警署土田警部，美岳警署的一位警察就把信转过来了。美岳警署……好怀念哪！在那里，你做刑事课长，每天指挥着手下做这做那……"

"嗯？"

"我最喜欢那段时光了，时常有刑警来家里做客。是了，那个最喜欢牛肉饭的津村，他总说我做的饭格外好吃……"

警部浑浊的眼神一下子清亮了。

"喂！津村来啦？快让他进来呀！"

"不，是你的信来了，津村早就调离美岳警署啦。"

"太好了，那家伙最喜欢咖啡了，你去准备准备，我也喝一杯。津村最擅长找人了，他这次找到什么了？"

一向面无表情的警部，此刻脸上熠熠生辉，声音也充满喜悦。

　　"给你，这是一位叫关川纱江的女人写来的信，你认识她吗？"

　　"哼，女人就是麻烦。津村回去了？咖啡准备得怎么样了？让他努力学习。巡警部长的考试，我一次就通过了，而我父亲一生都在做巡警。不瞒你说，我可是下了大力气学习的。"

　　警部站起来向二楼走去，恐怕他又要睡了。

　　刚才丈夫就像一下子年轻了十岁，估计是听到美岳市警署刑事课长，脑海里便闪过当时的记忆吧！

　　丈夫还记得津村。他接受美岳市警部任命是十四五年前的事了，因为没上过大学，通过考试只能做到警部，所以，他对自己能在美岳市警署工作感到很荣耀，这段光荣的经历即使得了失智症也不会忘记。

　　丈夫生性意志坚强、顽强不屈，即使脑部机能退化，连话都说不清楚了，依旧会时不时表现出当年的样子。

　　多希望他一直这样啊！不过，她也明白这只是一瞬间的事，即使丈夫能说出津村，也绝不是恢复了记忆。

　　前年冬季，津村当了巡警部长，去了县中部的 S 警署交通课。年末，他检查交通时，拦下了一辆超速车辆，请司机出示驾驶证，但那个年轻的司机突然拿出一把刀刺向津村腹部，津村没有畏缩，迎头搏击逮捕了他，而自己也重伤入院。

　　丈夫从报上得知了这件事，立马写了慰问信，并封了一些现金邮去。津村把钱退了回来并郑重致谢。丈夫早不记得这些事了，他还以为自己是美岳警署的刑事课长，而津村是自己的部下，事情都在他那糨糊一样的大脑里交错在一起了。她因丈夫的症状时喜时悲，内心波澜不已。

她转身去了厨房，刚才丈夫说给津村上杯咖啡，自己也想喝点。她烧了热水，即使夏天丈夫也爱喝热咖啡，不加糖，只加奶。她端着咖啡上了二楼，眼前的丈夫呈大字状躺在床上，发出均匀的呼吸。她把咖啡放在桌子上，看着丈夫的睡颜。丈夫一动不动，他脑海里就没留下半点和我有关的记忆吗？真是个工作狂。

警部的妻子咬着嘴唇下了楼，看了看之前那封信。信封挺厚，里面是几十枚便签，每一枚上都有密密麻麻的字。关川纱江是个怎样的女人呢？警部的妻子把目光投向这些字。

土田警部。时至今日，我依旧这样称呼您，请多包涵。我第一次见到您时，您的名片上印着"美岳市警署刑事课警部土田阳太郎"……

那都是十五年，不，是十六年前的事了。

您如今一定不在美岳市警署了，当时您就是警部，现在一定高升好几级了。不过，我也不知道您现在的具体职位，只能用最初的称呼。多有失礼，万望包涵。

我叫关川纱江，您还记得我吗？怎么说都是十五六年前的事了，我们也只见过两次，恐怕您都不记得我了。

您一定还记得当年志木温泉附近的交通肇事逃逸案吧？

那是个七月下旬的午后，被车撞死的是一个十二岁的男孩，驹田小学六年级学生。他是我外甥，名叫俊。他的母亲是我姐姐，未婚生子，生下俊后第三年就去世了。关于孩子的父亲，她只字未提。

俊生下来就没爸爸，三岁时又失去了妈妈，是个命途多舛的孩子，这让我十分心疼，就把他当成自己的孩子。俊渐渐长成了一个伶俐活泼的孩子。

出事的具体地点是最近挺出名的一条观光路——石佛之

263

路的入口。俊之所以能去那里，是因为我带着他和母亲入住在志木温泉的惠风庄。

当时我还是初中老师。我的大学是在长野市读的，离家比较远，住在学校宿舍。家里的大小事务活计都落在母亲身上，像母亲这个年纪的远亲近邻都开始安度晚年了，而我的母亲忙得没有一点娱乐时间。

我大学毕业后开始工作，想让母亲过得轻松自在些，便利用学校的暑假、寒假，带着母亲和俊一起去旅行。

母亲很爱泡温泉，所以，那年我们决定去志木温泉，并提前预订了惠风庄旅馆。好不容易盼来暑假，我们三人心情雀跃、有说有笑地开车去了惠风庄。那天是七月二十五日。

那晚过得十分愉快，我们悠闲地泡了温泉，吃了美味的农家菜。母亲一晚上就念叨着:哎呀! 太享受了，太奢侈了……但是，第二天，不幸就降临了。

俊匆匆吃完早饭，去旅馆小卖店买了午饭，装进素描包里，说:我晚上再回来哦! 希望还能吃到这么棒的晚餐。说完便跑出去了，他是去画附近的风景素描了。

俊从小就爱画画，曾被誉为"天赋异禀的孩子"、"天才少年"。

他经常说:我将来一定要画画，成为毕加索和凡·高那样世界一流画家。这样我的画就能卖上好价钱，我就拿那些钱带姥姥和姐姐去外国，住超豪华的宾馆，吃最美味的东西。

那天，他想去画素描的地方是离旅馆有七八里地的石佛之路。

警部，您在美岳市警署工作过，一定知道这条路上有几百尊地藏和土地公公石像吧？

志木温泉附近都是农田，除了惠风庄，再无民居。一条宽阔的农道横穿水田而来，路尽头的碑上刻着：石佛之路。

前一天，俊去旅馆周围瞎逛时，看到这块石碑，便顺着路走过去，看到一尊地藏石像，回来跟我说，那个地藏笑眯眯地看着他，让俊好好画画它。

俊不是在开玩笑，他经常和自己的素描对象进行语言交流。这种异常的感受，恐怕我们常人是体会不到的。

事情就发生在那天。

上午，晴空万里，烈日炙烤着大地。母亲说："俊怎么还不回来？这毒日头，俊中暑了可怎么办？"我笑着答道："没事的，他戴了个大帽子，地藏后面有竹丛，周围还有松树林，他会躲到树荫下乘凉的。天气很热，这里的温度达到了三十度，空气干燥，但丛林深处特有的山风才清凉呢！俊此时正享受着，恐怕他找了个阴凉处，画得正开心呢！"

但到了下午，天气迅速阴下来，我到院子里看了看天，空中大块大块的积雨云迅速扩散着，不久就听到远处传来滚滚雷声。

"妈，要下雷阵雨了吧？"

"是啊！你赶紧去迎迎俊吧！"

"不用去，等我开车到了那儿也看不到他了。他一听到雷声，一定会迅速收好东西，找附近住户家的储物房，捂住耳朵，蹲在那里一动不动，我怎么能找到他。"

“说的也是，他会一直等着雷神离开，说起来，像他这样怕雷的孩子还真不多见。”

“都是让您吓的，您之前给他看雷神图，说雷神发出怒吼是要吃掉不听话的孩子，把他吓坏了……”

“是有这档子事！”

我们看着对方哈哈大笑，边笑边聊着。雷声越来越近了，啪啪的雨点落在院子里的石头上。

（雨，再下大一点吧！）

我满不在乎地想着，然而悲剧就在那一刻发生了。

警部的妻子读到这里，抬起了头。

这封信上反复描述“悲剧”似乎是有什么目的，不过一开始就写了，这是十五六年前的事情了，怎么如今又提起来了？

关川纱江——这个女人究竟和我的丈夫之间是什么关系？

警部的妻子再次把目光落到密密麻麻的字上。

土田警部，您看到这里，该想起那天的情景了吧？

那天美岳市遭遇大雨，市区多处遭到雷击，第二天的报纸都报道了这事。

大雨直到下午三点半或四点才停了下来，美岳市警署接到一个报警电话，说志木温泉附近的石佛之路上发生一起交通事故，有个小学生模样的孩子被撞死了，肇事者逃逸。

被害者关川俊，十二岁，是我的外甥，报案人叫南原谦也，在参议院议员阵场利十郎设立的上田事务所工作。

您立刻赶往现场，向南原谦也询问出事现场的情况。几小时后，我去了美岳市警署，您便将南原谦也的话转述给我。

报警人南原谦也当天在拍摄石佛之路上的地藏，想出一本影集，所以，就逛荡到这附近。

他偶然发现石佛之路上的碑，顺着那条小路走过去，发现了一尊有名的"送子地藏"，俊描绘的也是那尊地藏和附近的风景。南原将镜头转向地藏，刚想咔嚓按下快门，听到一句男声："喂！怎么回事？坚强点！"

"是谁撞人了吧？"南原先生赶忙拍下一张照片就顺着路跑下去，发现肇事车都跑远了，只露出白色的车顶。

农道两边是杂草丛生的土埂，土埂下是灌溉水渠，水渠旁边是一望无际的水田和稻穗。

农民把土埂利用起来，在地基里打上几根圆木，圆木上撑着一块铁皮，做成一个简单的储物小屋，放些农具、肥料木箱、农作物秸秆什么的。俊被车撞了之后，头部撞到了结实的肥料箱子角上，破了个大口子直往外喷血，躺在一边呻吟不已。

南原见状，立刻跑到土埂上，冲俊大喊："喂！坚强点！"听了他的话，俊睁开了眼睛。

"是谁做的？长什么样？"

对此，俊很清楚地告诉他："戴眼镜的……男……"

南原先生锲而不舍地问："知道了，那他是年轻人还是中年人？"俊呻吟声更大了，完全没有力气回答问题了。

俊头上汩汩不停地流血，南原先生便想先止血，但既没纱布也没绷带，怎么办呢？他便把自己身上的衬衫脱了下来，还好衬衫下穿了背心。

他用牙把背心撕得一条一条，一半用来堵住伤口，一半用做绷带。您赶去现场时，一定看到俊当时的样子了吧？那天我赶去警局后，这些话都是您告诉我的。

南原先生包扎完伤口，马上就想到叫救护车，下一刻就意识到他当天碰巧忘带手机了，之前把手机放在家里充电，走的时候只带了相机，忘带手机了。

他看了看周围，一户农家也没有。周围都是农田，哪有电话呢？大夏天的，一个路人也没有。不过，这条农道前面通向县公路，一定会有车开过来。

南原先生这么想着，便去农道上左右看着。好不容易来了一辆车，他赶紧冲着过来的车摇手，对方的车速降了下来，南原刚想借电话报警，她突然又把车开走了。

"怎么了，她为什么不停下听我说话？"南原这么想着，突然意识到了。他给孩子包扎伤口时，上半身都没穿衣服，而且身上还有孩子的血，对方看到此景，当然不敢停下了。他这么想着，就去土埰下的水渠里洗了洗，穿上了衬衫，又回到农道上。不过，据说那时俊都断气了。

终于又来了一辆车，南原挥手让车停了下来，向车上年轻的女司机说明情况，借了电话拨了110。也就是说，从交通事故发生到美岳市接到报警，共过去了一个半、将近两个小时。

那天，南原先生十分后悔，他说如果自己带了手机，孩子说不定就能获救，肇事车也能找到。

美岳市警署通知了我们这个消息，让我们去确认尸体，母亲一听就脑贫血晕倒了。旅店老板开车带我去了警署，我等着母亲醒过来才出发的，到警署时已近傍晚。

警察把俊脸上的血污擦净，把他安置在干净的床上，枕旁点着几根线香。

我靠着俊的遗体，嚎哭不已，现在想起来还十分惭愧，我知道您一定看到我近乎癫狂的状态。

您很亲切地安慰着我，还特地给我准备了饮料，郑重地将俊死前死后的事原原本本地告诉了我。您跟我说："您的孩子跟南原说的最后一句话是戴眼镜的男人，没有直接目击证人。由于当天下了大雨，事故现场的重要线索基本都被冲没了，但是，我们不会放弃调查的，我们会动用所有手段，追踪这个可恶的男人。关川小姐，侦查工作已经展开了，警察会全力以赴，您的孩子不会枉死。"

听了您掷地有声的话，我的内心极为安慰。

那晚，女警开车把我送回旅馆，途中，我们说了很多话。那位女警无意中的一句话深深印在我心中。我之所以想写这封信，就是因为时常想起这句话。

那位女警说："由于今天的大雨，事故现场的轮胎痕、犯人的脚印都被冲掉了，鉴定系的同事十分郁闷。不过，没事的，我们有车夫，他会指挥侦查工作的。"

我十分惊奇，不禁问道："啊？警察中也有车夫吗？"

"不是的，不是真正的车夫，这是我们刑事课长土田警部的外号。他来美岳市之前，一直想在警署工作，不知道谁开的头，大家都这么叫他了。"

"可为什么叫他车夫呢？"

"因为警部一开始就想做刑警，他总说：造成交通事故后逃逸的家伙们，我无论如何都想抓到他们！"

"哦……"

"而他目前为止，破获了两次这种交通肇事逃逸案，受到了部长的表彰。所以，跟车有关的案件就交给他。"

"所以就被叫做车夫了？"

"是的，有人说警部高中时有个喜欢的女孩，她被车撞死了，凶手现在还没抓到。所以，警部就当上专门处理交通事故的刑警。"

"而且，还很能干。"

"是啊！我们警部对交通事故的犯人十分严厉，所以，这次的案子也一定能抓到凶手的。"

"太好了！我也希望如此！"

警部，那时我一心想找到犯人，但凭警察之力是抓不到的。

不过，我一点都不恨，反而十分感谢你们。为了感谢您，我才写了这封信。请您接着看下去。

警部的妻子读到这里又停了下来。

这封信上有几处让人担心的地方。信中称，叫俊的这个男孩子在志木温泉附近被车撞死了，当时在美岳市警署做刑事课长的丈夫说一定要抓住犯人，结果却没抓到。对此，她不仅不恨，还感谢他们。

究竟是怎么回事？而且信中说写这封信是为了表达感激之情。怎么说都是十五六年前的事了，现在才感谢丈夫，这个女人到底想干什么？

警部的妻子继续读信。

土田警部，关于俊死去那天的情景，我刚才写了太多了。不过，这些都是南原先生当时跟你说的话吧？

　　您对南原先生的话深信不疑，我也被他的见义勇为感动了，十分感激他，丝毫没有怀疑。俊的葬礼结束之前，我要处理的事情太多了，也没时间静下心来好好思考。

　　葬礼结束后，我松了口气，便想起来，自己还没去过那个让俊悲惨死去的地方。

　　那天下午那么热，可怜的俊连口凉水都没喝上。一想到这，我就坐立不安，马上开车去了志木温泉。

　　途中经过一个超市，我买了冰淇淋装进俊最喜欢的杯子里，还在花店买了一束俊最喜欢画的红玫瑰和白百合。

　　我去过志木温泉几次，一下子就看到了那附近的农道，看到农道远处立着石佛之路的碑。农道入口有块空地，我把车停在那里。一下车就看到了旁边的土垛和储物小屋。

　　我沿着土垛滑下来，走到小屋前。那天，俊听到远处雷声滚滚，便立刻顺着农道往宾馆走，这时后面来了一辆车撞到俊身上，他被撞飞到半空，然后落在了面前的储物小屋前。

　　一想到这，我的心一阵绞痛。有几个木箱整齐地排列着，就是它们把俊的头撞破的。我惴惴不安地看向这些箱子，找上面是不是还留着俊的血迹。不过，屋主可能清理过了，别说是血迹，什么事故痕迹都没有了。

我把冰淇淋杯子摆在小屋的阴凉处，拔掉眼前的艾蒿和三叶草，把花插了上去，又从旁边的水渠里捧了几捧水灌在花茎处，希望它们晚点凋谢。

我弯下腰，看着眼前的屋子，想起俊撞在上面后血流不止，直至死去的样子，便对他的亡魂说起了话："俊！我是姐姐，对不起，我才过来看你。你看，我给你带冰淇淋来了，那天太热了，我可怜的俊连口水都没喝上。这世上，怎么会有你这样的孩子！你为什么就丢下我先走了呢？

"先不说这个了，把俊撞了的人是个什么样的浑蛋？你看到他了吧？今晚你就来姐姐梦里告诉我。在我们这个国家，就算抓到这个浑蛋，也不会判死刑。工作上的过失致死只会判处十年八年的，开什么玩笑！什么叫工作上的？杀人怎么成了工作？！

"无法原谅。姐姐不允许这种人活在世上。不过日本的法律未免太宽松了，说什么人权、教育、回归社会。他们看到被害者的痛苦和悲愤了吗！

"可是，法律不能惩处这样的家伙，就让姐姐代劳吧！姐姐就算拼了命，也会杀了他！

"俊，你是姐姐的宝贝。户籍上你是姐姐的外甥，不过，姐姐是把俊当弟弟看的。就凭这点，姐姐就不能放过那个浑蛋，姐姐一定会找到他、把他揪出来，为俊报仇！"

土田警部，我在那个土垛上，跟俊说了很久。

差不多该回去了，我向车子那边走去。这时看到石佛之路的碑，便想过去看看俊最后写生的地方。现在想想，一定是俊在冥冥之中牵引着我。

顺着石佛之路走了十五六步，就在右边看到一块空地。一看这就是人工广场，地上铺着细沙，估计以前常有小孩在这里摔跤。细沙在阳光的照射下闪闪发光。

地藏就在空地凹进去的地方，四四方方的底座上站着一个地藏，大约有一米高，双手合十。经过长年风吹日晒，有些部分都不太清楚了，但他脸上温和的微笑却依旧清晰。

俊曾经说地藏对着他微笑，恐怕就是这个表情了吧！我立刻走向石像，双手合十，低头祈祷。地藏后面长着一丛当地不多见的竹子，一阵清风吹来，竹丛发出沙沙作响的声音。

我离开地藏前，张开双臂，狠狠吸了一口清新的空气，把目光投到眼前的水田，杂草丛生的土垛上，几株红色、白色的小花迎风而动。

（啊？那是我在超市买的花？）

是的，这就是我刚才供在事故现场的玫瑰和百合。

（怎么这么近呢？）

站在这块高地上，放眼望去，能看到很远的水田的农道。本来这个广场是有树的，后来把树拔掉、铲平、又铺了层砂子，所以，这里现在不长杂草了，实在是个远眺的好地方。从下面往上看，都是茂盛的灌木杂草，没想到这里还有这么个好地方吧！

我极目远望，突然，脑海里闪过一丝困惑，我呆若木鸡，盯着眼前。

——那个人，陪护俊到最后一刻的南原谦也，他难道没看到这种情景吗？

土田警部，俊被撞的那天，就是我去美岳市警署那天，看到俊的尸体之后，我问了您俊之前的情景。

当天报警的人是南原谦也，阵场利十郎议员的秘书。他当时在现场看到的一切，我都从您那里听说了。不管怎么说，他都是俊最后的守护者，他的话我是深信不疑的。但是，此刻我站在这块高地上，看着事故现场的插花随风摇曳，怎么也抑制不住内心的念头。

（那人的话很可疑，他难道是在说谎吗？）

首先，他对着地藏取景，突然听到紧急刹车声，然后就听到一个男人的声音。难道他当时没有立刻顺着声音看过去吗？一般人都会立刻反应到：啊！出了事故！而他说他当时也感觉到了，却没有马上转头看。这不是很可疑吗？

前面提到过从这个高地看过去，眼前的水田、农道一览无遗。即使他按了快门后，往事故现场看一眼，就能完全看清这一切。

如果说他始终面朝地藏，没有任何动作，就待在原地。这就更不可能了吧？

他对地藏感兴趣，常来拍照，所以不止来过一次两次。

他知道这里有块空地，空地上立着地藏，却不知道从这块空地上可以看到下面的情景。就是说，出事时，他根本不在这里。

那他是在哪里看见事故的呢？想到这里，我的疑惑更加膨胀了，一个念头跳了出来——他是在事故现场看到的吗？

所以，警部啊，那个南原谦也就是肇事者本人！

不过，您可能要否定我了。警察赶到现场时，只有他一个人在，既然是他撞了俊，为什么车没留在现场呢？去哪里了呢……

警部啊，其实这很简单。车上坐着两个人，南原和另外一人，而且应该是个女人，后面我会解释。

意识到撞人了，这两人吓呆了，然后南原谦也就跑到俊身边，喊道：坚强点！这时的俊还活着，两个人对眼了。看到孩子的脸被头上喷出的血染红了，南原害怕了，便跑回车里跟那个女人商量。

"喂！怎么办？孩子可能会死掉。"

"完了，我们完了，如果有人知道咱俩在一起，那咱也活不成了。"

"不会的，我们会有办法的。"

南原环顾四周，太阳没那么刺眼了，周围都是水田，远处也一览无遗。还好，没人，也没车。

"喂，你赶紧开车。"

"逃跑？"

"是啊！我留在这里，你不用担心，后面的事情我都想好了。你赶紧走！"

"车怎么办呢？"

"你就开到你家停车场吧！别让人看到了，今晚我过去开回去。有合适的机会，我就把车处理掉。你就赶紧走吧！小心点！"

警部，恐怕他们二人当时就是这么商量的，然后那个女人一脸无畏地发动车子逃走了。

南原谦也就回到孩子身边，他不知道俊死没死，便开始检查俊的衣服。不能让肇事车的丁点线索留在俊身上。

然后，他又回到农道，在马路上走来走去，掩盖掉轮胎的痕迹。正在那时，雨点啪嗒啪嗒掉了下来，好久没下这么大的雨了，把所有痕迹都冲走了。对于他来说，真是一场及时雨。

他把俊拖到储物小屋下面，看着俊渐渐断气。他一边在屋檐下躲雨，一边把背心脱下来、撕成条、给俊绑上，自己也只能做到这样了。

他蹲在那里，仔细地考虑了一遍怎么向警察说这个事。终于雨停了，逃走的那个女的该到安全地带了吧！他这么想着，又回到农道上，冲来往车辆挥手，借电话报警。

就这样，警察被他巧妙的谎言、逼真的表演骗过去了。当然了，我、母亲和所有听过他的话的人都想不到世上会有这种奇葩吧！

站在俊死前写生的这个高台上，环顾四周，我有种直觉：他所有的话都是谎言！此外，还有一个疑点。

之前，他说听到有个男人跟俊说：喂！怎么回事？坚强点！也就是说他想让我们以为肇事者是个男人，这样就可以为那个女人开脱。

本来这就够了，他为了圆这个谎，又撒了另一个谎。

之前，他说他跑到俊跟前问：是谁干的？俊回答说"戴眼镜的……男"，之后就渐渐失去了意识。

这就是南原最大的败笔，可能是要证明逃走的是个男人，他故意多此一举。

俊根本就说不出那种话，南原的话不可信。我能这么说，是因为俊天生就是个口吃患者。

俊两岁开始学说话时，就有了口吃的征兆，一开始是他妈妈美登发现的。美登是我姐姐，大学毕业后去了外交部工作，她外语很好，平时就住在外地。有一年，她突然回来了，还大了肚子，但始终不肯说出孩子父亲的名字。

姐姐经常说："这孩子没有爸爸，我一个人就能把他抚养成才。"姐姐有一笔数额巨大的存款，我想多半是孩子父亲给的抚养费。我母亲说："和美登谈恋爱的那个人一定地位很高，所以，不能泄露身份，两个人之间有什么不为人知的约定吧！"

姐姐发现俊口吃之后，就打电话到长野市书店，让他们把所有关于口吃的书都邮过来。一周之后，十几本书到了，有关于口吃学研究的，有病例，有治疗和训练方法，有口吃患者的经验交流，有幼儿、儿童、老年期口吃患者指导、环境调节法等，恐怕现代日本所有关于口吃的出版物都在这里了。

姐姐在很短的时间里读完这些书，在理解的基础上，针对俊的情况进行单独治疗。

但是，这个过程还是中断了，姐姐患上了急性白血病，三十岁就离世了，而俊那时只有三岁。

当时，我还在读高二，每天放学先去医院看完姐姐再回家，姐姐就对我说了俊的口吃。

"我只能拜托你了，希望你能帮俊矫正过来，我希望我们家最小的妹妹能一直陪在俊身边，我不久于人世了，能帮俊矫正过来的只有你了，求你了，纱江，你一定……"

看到一向聪慧、坚韧的姐姐握着我的手，泪流满面，我也忍不住了，哭着回握住姐姐。

姐姐不久就去世了，帮助俊解决口吃问题就成了我和姐姐间的生命之约。之后，我上了大学，取得了教师资格，就想在家乡工作，这样就能每天陪着俊了。

姐姐留下的所有关于口吃的书，我都读过了，至于我是怎么治疗俊的，我想警部您也不会关心的，这里就不赘述了。俊上了五年级之后，跟家里人、同学、老师说话时都不再口吃了。

但是，对于初次见面的人，他总担心别人知道他口吃的毛病，反而嘴唇颤抖着不太敢张口了。这种"情绪性反应"到最后也没克服。

口吃患者碰到某个特定单词，就会结巴，这被称为"惯性口吃"。俊的难点就在 ma 行，这样从上下嘴唇间蹦出来音。碰上 ma、mi、mu、me、mo 开头的单词，例如，makura（枕头）、mikan（蜜柑）、musi（虫子）、mondayi（问题）这样的单词，他怎么也做不到干净利落。

我帮俊解决了多年的口吃问题，没人比我更清楚他这习惯。

警部的妻子读到这里，不禁叹息着抬起头来。

来信人关川纱江是被撞死的那个孩子的姨母，这么多年，她一直帮助那孩子克服口吃病，最后算是成功了吧！

但是，她滔滔不绝地跟丈夫说这种事，有什么意图呢？真是难以理解。这个案子都过去十几年了，现在提起来也是个无头案了，案件本身都是有时效性的啊！

警部的妻子又读了下去。

 得知俊死去的那天，我从您那里得知他死前的一切。

 后来冷静下来，我又把南原当天的话回想了一遍，发现他就是在胡说八道。

 那天，是俊第一次见到南原谦也，对于他的提问，他要说出"戴眼镜的男人"这句话，一定会口吃。

 肇事者是南原谦也，当时他身边还有一个女人。为了确认这个推断，我打算见他一面，便往他工作的事务所打了电话说：他是照顾俊到最后一刻的大恩人，要当面致谢。

他却说没有必要，谁看到都会这么做的。一副抗拒见到我的样子。

正如所料，所以，打电话前我就想好了别的借口。我说："前两天有人给我打电话说：'关于那天报警的人，我可知道他不少事情，你最好见见他，当面好好问问。'怎么听，都像个现场目击者。"这番话果然奏效了，他便把公寓地址告诉了我，答应我晚上过去。

那晚，我见到了他，详细问了俊死前的一点一滴。他的回答跟您转述给我的一模一样。

不过，他没想到，俊是我一手带大的，他的生活、动作、说话习惯我最了解了。我没有拆穿他，沉默着听下去。

不过，让我吃了一惊的是他的习惯。当时他一副坐立不安的样子，便去了别的房间，拿回两罐啤酒。

我猜他是无法自控情绪，唯有靠啤酒压制。例如——

我问他："俊看到您走过来，一定说：叔叔，救救我吧？"

南原回答"好、好像是的"，说着猛喝下一口，接着说："那孩子看着我的脸，好像要说什么。"

我又问："然后俊说他被一个戴眼镜的男人撞了是吧？"

"这个……"他又猛地喝了一口酒，说："我当时问是谁干的？然后他的确这样回答我的。"说完又喝了一口，长长舒了口气。

我接着说："事故现场那个电话男跟我说，让我见见你，好好问问那天的事。"听到这话，南原顿时狼狈到极点。

他又喝了口酒，忙不迭地问："那个男人是谁？我认不认识？"

我说："那个人没告诉我名字。"

南原听后，说："这样啊，他说谎呢，当时我认真确认过了，除了我之外一个人都没有。差不多了吧？"他下了逐客令。这时罐里一滴酒都没剩了。

坐在回家的车上，我更确认了南原谦也就是车祸案件的凶手，恐怕我一走他就会给那个"女共犯"打电话讲这个神秘"电话男"的事。我玩味着他内心的恐慌，看来今后这个"电话男"大有用处呢！

一周后的夜晚，我又给南原打了电话，虽然带了手机，我还是用公共电话打了过去。开车走三四十分钟，就能到附近别的町或村子，那里的邮局一定有公共电话，而我每次都用不同的电话。

"目击事故的那个男人又给我打奇怪的电话了，我想跟您说一下……"

听到这话，他有点生气了，说：你胡说什么呢？根本不可能。说着就想挂电话。

"但是，那个人说他当时坐在别的储物小屋后面，你没看到他而已。"

临时编出来的谎话，但南原却迟疑了，声音都颤抖了："嗯？怎么会？不过，像这种人说的话，你还是不要答理的好。可能是个垂涎你的跟踪狂，不过我还是可以保护你的，今后他再打电话，你一定告诉我。"

看来，他深信"电话男"的存在，对于南原来说，没什么比他的罪行暴露更恐怖的吧！

恐怕"电话男"做了什么见不得人的事，不敢把看到的事告诉警察，才一直往受害者家里打电话，他的目的是什么呢？求财？还是求色？

摸不透对方的来头，南原一定十分苦恼，当然啦，"女共犯"也会很好奇这个事……两人一定吓得半夜都睡不好吧？

通过这个"电话男"，我很轻松地操控了两人的思想。

当然，我不会允许南原一直活下去，他撞死了俊，必须要血债血偿。但是，如今既然他害怕"电话男"，不妨就每天给他一点恐惧，折磨着他。

我一般都是晚上十点左右给南原打电话。母亲晚上睡得早，那会儿会回到自己房间。我就趁机神不知鬼不觉地开车出去，总之时间不能太早。不过，南原似乎也在等电话，马上就接起来了。

"啊，是你啊！之前那个男人还给你打电话吗？"

"对啊！这次他很认真地告诉我，只有他才知道事情真相，而你是在撒谎，问我想不想知道真相。我跟他说：你直接找警察去说吧！他说：我跟警察可处不来，怎么能把真相告诉那些王八羔子！这么说吧，当时现场俩人，一个人跑了，一人留下了。边笑边挂了电话。"

那一刻，我通过电话感觉到了南原的亢奋和动摇。估计他面前摆着一罐啤酒，在我说话的间隙，我听到他喝了好几口。

"骗子，大骗子！没有什么女人！车上只有一个男人。"

"但那人并没说车上有个女人，南原先生，您知道？"

"是啊！开车的是个男人，车上没别人。"

"但是，警察跟我说，您赶去现场时，肇事车都逃走了。您只看到消失在远处的稻田里的车顶。"

"是啊！不过这是死去的那个孩子说的，他被一个戴眼镜的男人撞了。不管怎么说，现场不可能有直接目击者。本来他就是骗子，你不要信那种人的话，估计他是闲得慌。"

我又听到了他"咕嘟"吞啤酒的声音，声音还有点发颤，每次打电话他都这样。恐怕是听了"电话男"或者我的话感到刺心不已吧！为了抑制住这种刺心的感觉，他才会这么喝吧！这个活在我手心里的男人。

南原谦也现在就是个为我操控的傀儡。但是，这种游戏不能玩太久，否则他会生疑的。

当初，我只想杀了他，那就构成完全犯罪了。如果南原对我生疑，那他一定会保护好自己，我想下手就不容易了。

至于犯罪手段，我考虑清楚了。学校也快开学了，看来我要采取最终措施了。

土田警官，您在美岳市警署工作过，一定知道望月町每年八月十五会举行杨桐祭祀吧？

望月町本来是中仙道的驿站，现在还保留着以往的风貌。

人们会在町里的小路上举行杨桐祭祀游行——抬神轿，而且不止一座，场景十分热烈、壮观。

那时，不仅望月町，附近的町、村都会来很多观光客。

您猜出来了吧？我就是要在这样一条人来人往的小路杀了南原。在人群中杀人，超乎寻常吧？的确，有成千上万人看到了我和南原，但他们眼中看到的都是人浪，而不是具体某个人。之后，要想问出某个人的相貌、衣着几乎是不可能。

这就是我的目的。大众的视线等于零。既然谁都看不见，那跟密室有什么区别呢？那一刻，中仙道望月町的马路就是个巨大的天然密室。在那里，我很容易就了结了他。

在这次计划中，最让我花心思的是怎么把南原引到祭祀典礼上。最终，我还是动用了"电话男"，眼下能操控南原心智的只有"电话男"了。

八月十日那天，我开车去了小诸市，用那里的公共电话打给南原，那时都十点多了。

"大晚上的，给您打电话，实在是很抱歉……"

他好像早就知道我要说什么了，接口道："那个怪人又说什么了？你先等等，我去把走廊的灯关了，别让谁进来了。"说着，放下电话。恐怕他不是去关灯，而是去拿啤酒了。每次听到"电话男"的事，他非得先喝点酒，现在都成习惯了。

他一会儿就回来了。

"啊，久等了。这次他说什么了？"

"警察总抓不到凶手，老子真生气啊！看你那可怜相，老子就再告诉你个重要的事。"

"重要的事？什么事？"

"车子撞了孩子之后逃走了。当时老子想：这女人真过分！所以……"

"女人？他看到开车的是个女人？"他边说着边喝了口酒，咕嘟一声传来。"这、这样啊！"南原慌不迭地接着说，"这怎么就重要了？不管开车的是男是女，他不都跑了吗？你就没必要听他瞎扯啊！"

"但是，这次不同，那个男人说他要把所有的事情都告诉我。"

"这、这话，"南原说着又咕咚一口啤酒下肚，"信不得啊！我之前不说过了吗？没有一个人目击了现场。"

"可是，我觉得他不像在撒谎，他说他躲在一个储物小屋后面。我能体会到他当时的紧张。"

"然后呢？他倒是说看到什么了啊！"

"那人是这么说的：他还有点画画能力，所以，还能画出肇事车的样子，而且他之前就把车子的保险杠画下来了，想着今后可能有点儿用。"

"什么啊！那他说保险杠什么样了吗？"

"对，他说他还记下了车牌号，本来想通过邮局邮过来，想想算了。"

"你看看吧！那人什么都没看到，只是想跟你打电话逗乐呢！"

"不，他说是如果要邮给我，就要写地址、名字，如果这些被交到警察手里，警察就会顺藤摸瓜找到他。他可不想被警察找到。"

"嗯？究竟是怎样一个男人？说不定他以前杀了人，正在被追捕呢？总之很危险，这种人你还是不要见为好，一看是他的电话直接挂了吧！"

南原说着，又喝了一口。我长长地吸了口气，马上重点就要来了，我之前都想得很透彻。

"但他在电话里说得很具体，他是这么说的：我不能把这封信邮给你，不过可以直接交给你。"

"直接交给你？这样你不就见到他了吗？这人真奇怪，他连笔迹鉴定都不敢，却敢直接露面。"

"我也是这么想的，他说有办法不见面就能把东西给我。他问我知不知道八月十五日望月町举行的杨桐祭祀。我说知道，我还去参观过。他说，那你今年也去吧！如果你想找出撞死小孩的凶手，就照老子说的办。给你最后一个机会……"

"你怎么说的？"

"我说我会去。"

"去？你怎么能听信这么危险的话？别去。不知道会发生什么事呢！像这种似是而非的话，而且，对方可能不止一个人，万一把你拐卖了怎么办？你千万不能去。"

这时，南原一定一口气喝光了啤酒，听到"电话男"的事，他的喉结一定上下吞咽着，因为他声音都变调了。

"不过，杨桐祭祀晚上，马路上人来人往，众目睽睽之下，他也不能把我怎么样。所以，反而会很安全。电话男让我晚上八点到九点之间出现在那里，装成普通行人。"

"也就是说电话男也会出现在那里了？"

"是的，那人还说他认识我，不过为了万无一失，让我戴个白帽子，右手提个超市购物袋。"

"袋子？空袋子？"

"是的，他说，祭祀时神轿周围的人摩肩接踵，他就趁乱把信件放到我袋子里。这样我虽然看不到他，他却能把东西交给我。我觉得他很聪明，值得信任。然后，我把信封打开，照着他写的内容抄一遍，第二天再带到美岳市警署就行。"

"别！不要，这样做可不太好。"

"怎么了？电话男看到了逃逸车辆，还知道是个女人开的车，还要把车牌号告诉我……"

"这、这是他的玩笑，你把那种东西交给警察，不是开警察玩笑吗！"

"但是，这次，就这一次，我打算按照他说的来。就当去看看杨桐祭祀了，以前，南原先生说过要保护我，所以，我今天才打了这个电话……不过算了，我一个人也可以。我恨那个女人，如果他能告诉我肇事车的车牌，我就不虚此行了。"

"嗯。看起来，你无论如何都要去一趟了……"面对我坚定的语气，南原仿佛陷入了思考，"行吧！那晚，我也过去，我会保护你。如果他真往你的塑料袋里投东西了，你一定要跟我说一声。我们看看里面的内容，如果真是千真万确，我们再带到警局也不迟。我也一起去，你那天坐公交去吗？"

"不，我自己开车，我伯母家附近有个公交站，我把车停在那里……"

"那就更好了，我知道那个公交站，那就八月十五下午，哦，大概七点五十吧！你就在那个公交站等我。你戴白色帽子，右手拿个空购物袋。我也戴个帽子过去，叼根没点燃的烟。如果你认出我了，就晃几下购物袋，我就把烟扔地上踩一下。"

"明白了，这样我们就能互相确认了。之后，我便走进纷杂的人群里，把那个男人引出来……"

"对，我就在你身后不远，只要有人往你袋子里放东西，你立马给我示意。在那里不便拆开看，说不定电话男在哪里监视我们，我们先回到车上，离开望月町再说。"

就这样，我成功将南原谦也骗到了八月十五日晚上的望月町。

警部的妻子读到这里，皱起眉头。倒不是因为内容，而是关川纱江写到这里，笔迹变得杂乱无章。原本娟秀、整齐、充满美感的小字，到这里完全变了样。

字迹好潦草啊！虽然没什么错误，不过一笔一画似乎都是跳着写的，显得很不整齐。

怎么突然变成这样了呢？这信还有好长呢！警部的妻子再往下读。

　　土田警部，我杀死南原谦也的真相，只告诉了您一人。为了写这封信，我特意重读了当年的日记，回想起当年的经过，请允许我慢慢讲给您听。

　　事到如今，我也没什么好隐瞒了，我是抱着必死的心态拿起笔的。

　　四个月前，我住进了上田市医院。我得了一种名曰"肌萎缩"的病，没有特效药和疗法，只有靠维生素和延缓萎缩药苟延残喘。

　　俊死后第三年，我妈追随而去，而我转年则得了乳腺癌，切除了两侧乳房。

幸好我的癌细胞没有转移，慢慢就恢复了，只可惜美好的双峰从此成了两个伤疤，所以，我打算一辈子单身了。关川家现在只剩我一个人了，我确实没有牵挂，只是突然得了这种病当真让我不甘。

这种病先从手指神经萎缩开始，手渐渐没劲，之后转到脚趾，就这样缓缓向全身扩散，舌头萎缩，说话困难、无法饮食，最后呼吸肌萎缩，缺氧而死。

我不怕死亡，只是拿笔的手指没了劲儿，所以现在是用左手拿着右手给您写信。如您所见，字迹杂乱无章，只能勉强识别。接下来，我会讲得比较简略，一天只能写五六行了。

八月十五日，杨桐祭祀的晚上。

南原谦也依约来到望月町公交站前，白帽子，叼着烟，还戴了眼镜，估计是怕被躲在暗处的"电话男"认出来吧！他紧张兮兮，不时环顾四周。我慢慢靠近他，晃了晃手里的购物袋。他看到了，把烟一丢，踩了两脚。

我们完成了互相确认的仪式。这时，我背后传来"嘿"、"嘿"的口哨声和"哟"、"哟"的劳动号子，杨桐祭祀的高潮到了。

街上挤满看热闹的人群。我信步往人群中走去，把肩上的挎包往上拉了一下，把右手的购物袋放到身前。我想跟在我后面东张西望的南原是注意不到我的左手的。那个挎包外面有夹层，里面放了封信。我把信抽出来放到身前的购物袋里，这些动作，南原是看不到的。

而我的挎包里有个茶叶罐——不仅仅是茶叶罐，罐底紧实地铺着一层冰屑，上面放着一罐啤酒。

这罐啤酒里被我下了砒霜。这种药不容易找，这还是当年姐姐活着时，家里人让她从东京找的毒鼠药。把这种药粉混在面包里放到厨房，不出两三天，一只老鼠都没了。姐姐当时说砒霜是种无色无味的强毒，再机灵的老鼠也闻不出来。当我起了杀心之后，脑海里立刻想到姐姐的话。

家里有的是砒霜，可不可以用到人身上呢？我查了百科全书，发现不乏砒霜杀人的案例，只需0.1克便可致死。倘若投毒过量，中毒者会出现急性中毒症状，头昏、头痛、手脚痉挛、神志不清、胡言乱语，如此一两小时即告死亡。若是普通中毒，十小时内也会死亡。

就这样定了！但是怎么让他服下毒药呢？我立刻就想到了方法，放到啤酒罐里。我之前去过他家，确认过我对他的怀疑。一般人都会买瓶装酒，然后倒在杯子里喝，而他家里买了大量的罐装酒。我和他聊天时发现，每当他心旌飘摇时便会喝一口来抑制，啤酒是他的生活必需品。

怎么把砒霜放进酒里呢？我买了几罐做实验。砒霜遇到温水很快就会溶化，所以我用针管吸了砒霜水，从罐子上面的盖子口处注入。

如何保证里面的啤酒不会通过针孔洒出来，我花了很多心思，终于找到一个办法。

就看明天了。土田警官，您可以想象我把含砒霜的酒放进包里，混进杨桐祭祀人群中的样子。

之后便是考验演技的时候了，我边看手表边想象那一刻的场景。首先是有几场表演，之后人们抬着神轿顺着町的大路（以前的中仙路）走到町外的大伴神社,举行供奉仪式。从小到大,我参加好几次了,很了解这一带的情况。

　　大伴神社位于这条路左侧的一块高地上，要想上去必须经过几十个台阶，像这种陡坡，即使是年轻人也无法一鼓作气将神轿抬上去。

　　年轻人中途会将神轿卸下来休息片刻，众人便凑上前来说些"加油啊"、"再坚持下"等激励的话。

警部的妻子读到这里，忍不住再度长叹。字迹越来越潦草了，而且是汉字、平假名、片假名相混杂。

写信人自称得了肌萎缩，看来这时病情是恶化了。右手估计是彻底萎缩了，所以要用左手握住右手。

没有她这样拼尽全力的书写，就不会有自己现在读到的东西，所以也没办法抱怨人家使用了最容易书写的片假名。

警部的妻子想起上学时喜欢的一首诗——

宫泽贤治的"不怕雨,不怕风……"里面就有好多片假名,听说这首诗是诗人卧病时的作品;正冈子规的《病床六尺》这篇文章也是在饱受咯血和腰疼时写的,里面基本都是汉字和片假名。

看来，忍受病痛折磨者往往会使用片假名啊。

警部的妻子将目光再次投向这篇混杂汉字、平假名和片假名的信。

土田警部，我那天在那条大路上来回走了两遍，走到大伴神社附近时，身边的人陡然多了起来，只因停下休息的神轿又要再行动了。

神轿被绑成井字形，中间竖着一根杨桐树，他们在之前的行程中时不时把树干往地上撞，树枝、树叶差不多掉光了。蹲在神轿上的人向抬轿子的人大喊道：

——喂！大家准备好了吗？起程了！

——好！

——坚持到最后！

——好！

——齐心协力！

——好！

——好！出发！

——好！

号角响起，呐喊声跟着响起。

"嘿！哟！嘿！哟！"

观众也情绪高昂，不时地跟着吆喝，大家追着神轿往台阶方向走去，我也混在人群中。与此同时我把准备好的信封投进右手袋子里，挤出人群，将右手举过头顶摆了摆，这是我跟南原商量好的暗号，几秒之后，背后便传来南原的声音。

"那人来了？"

"嗯！"我打开塑料袋，一个信封赫然躺在袋子里，"已经放进来了。"

"你看到他的长相了吗？"

"没有，我也没注意到他什么时候放进来的。"

"里面写了什么？"

"还没看呢，我紧张得嗓子都快冒烟了！咱们去附近的自动贩卖机买点儿冷饮吧，然后再慢慢读，顺便买罐冰镇啤酒！"

"啊，这再好不过了。"

"那你去长凳那儿等等我吧！"

十米开外有两台自动贩卖机，贩卖机旁边还有一条小路，可以通向别的马路。

自从我决心干掉南原之后，开车来过几次，很熟悉这附近的地理环境，也很了解自动贩卖机里的东西。

我先买了一罐一百日元的果汁，一口气喝光了，真是沁人心脾。喝完后，我把罐子扔进垃圾桶，拐进那条小路，小路上一个人影也没有。我从挎包里的茶叶罐里取出那罐啤酒，茶叶罐里的冰基本都化了，罐子很凉。我离开家前，把手指用胶带缠上了，所以不会留下指纹。

我拿出手帕，把罐子上的水擦掉后就赶紧去找南原了。我把堵在针孔上的细线抽出来扔掉。

我来到南原跟前，说了声"久等了"，打开拉环，把冒着泡沫的啤酒递给他："请吧！"

他迫不及待地接过去，仰头就喝了下去。他一口气喝光了，长长地吐了口气："还是啤酒好啊！我有种回归人世的感觉，多谢啦！"

"我再给你买一罐吧！我们回到车上再看信。"

我刚说完，他立刻附和道："听你的。我把钱给你。"说着便拿出钱包。

"不用啦！没什么的。"说完，我就离开了现场，顺着马路一路小跑。我之前看过书，砒霜中毒跟氰化钾不同，它发作得慢。大量的砒霜会引起神经性头痛，之后会痉挛、麻痹，最终会在昏睡状态中死亡。

刚才南原说，喝了一罐啤酒有种回归人世的感觉。恰恰相反，这罐啤酒会在几分钟后把他送上西天。

我片刻不耽误地离开现场，赶往大伯家，我的车停在那里。跟伯母打了招呼后，我驱车回了家。

土田警官，以上便是毒害南原事件的前因后果。当然了，"电话男"本身是不存在的。俗话说，不做亏心事，不怕鬼敲门。南原就像一只被我玩弄在掌心的傀儡，他毫无戒备地出现在杨桐祭祀，却没想到会命丧于此。

本来这些话不足为外人道，我也打算把这个秘密带到坟墓里。

不过，我却想把整件事情的始末告诉您，所以，住院第四天我便开始写这封信。

为什么我会产生这种想法呢？前两天，川上爱子老师来医院看我，她是驹田小学的老师，是俊四年级到六年级的班主任。现在不当老师了，在旁边村子的幼儿园当园长，比我大两岁。

那时我住院不久，病情还不严重。我们聊起当年的美好的回忆，喋喋不休，十分开心。

她还说了很多关于俊的回忆，不过她说了这么一句："撞了俊之后逃跑那人还没落入法网吧？太过分了！虽然警察那边查得那么认真……有刑警来找过你吧？"

"没有啊！没有刑警来过我家。"

"不是刑警，而是地位更高的人，他给过我名片，不过我不记得他的名字了。他是美岳市警署的侦查课长，也就是那里的最高长官。对了，他还说等关川老师回来请转达一下。不过我忘了告诉给你了，对不起。"

"转达什么？"

"这个我印象还挺深的，真不愧是警察啊！那时我不是俊的老师嘛！他就问了我很多关于俊的小细节，比如俊在画画方面的天才，从小口吃的毛病和你们失去俊的哀恸心情等。"

"然后呢，您是怎么回答的？"

"我就如实说了，俊从小口吃，你为了矫正他这个毛病可是花了大力气了。不仅如此，你还把这方面的书送给我看，希望我多照顾俊。所以，那段时间我也跟着学了很多知识啊！"

"然后呢？"

"然后他就问我手头有没有这类书，他想拜读一下……"

"然后你借给他了吗？"

"是啊！这类书都成了我的案头书了，我随手就在桌子上拿了一本……"

"天哪！我在书上做了很多标记啊！比如，每个单词的第一个发音……"

"啊，你是说开始音吧？对啊！那孩子不太会发 ma 行(ma、mi、mu、me、mo) 的音！"

"就是就是，所以，碰上惯性口吃的地方我会用红笔画出来，旁边注明：此处请注意！警官一定看到了，太惭愧了，这种书怎么好借给别人看啊！"

"这有什么啊！不几天他就兴高采烈地把书还给我了，

说：如果你看到这本书的主人，请转告她这本书给美岳市的土田——啊，对了！他叫土田！——很大帮助，他很高兴。这就是他让我转告给你的事，对不起呀，我给忘了。"

"那书具体什么时候被借走的呢？"

"我记得很清楚，因为正好是第二学期开学那天。每人都默默地在俊的桌子上放了朵花，有的女孩都忍不住哽咽了。我记得那天是……"

"八月二十六日。"

"是的，这周围的学校都是八月二十六日开学，进入第二学期。"

我听了这话，点着头，心里敲起小鼓。您把书还给川上老师时说这本书有很大帮助，您十分高兴并请她将这事转达给我。这让我非常震惊。

这绝不是一句单纯表达谢意的话，您究竟想表达什么呢？那时的我可是十分敏感。

土田警部，想必您那时已猜出我就是杀害南原的真凶了吧？

顺藤摸瓜，您就猜出南原就是撞死俊的凶手了吧？

我早前从女警那里听说了，您有个绰号是"车夫"，因为您是处理交通案件的能手，尤其执着于这种肇事逃逸案，破获了多起类似案件。像您这样经验丰富的办案能手，联系一下南原当时的行动言语，就能推测出真凶了吧！

俊死后，我去过事故现场，发现了南原的破绽，想必您也去过很多次了，跟我经历过相同的推测过程。但是这些都只是推测。那段时间，您不时地听说俊是个口吃儿童，所以去找了他的班主任，借了口吃方面的书。

那本书上都是我做的标记，我在上面写着俊碰上"ma"、"mi"、"mu"、"me"、"mo"开头的单词就会结巴。

这句话一定会吸引您的注意力，您当时一定一拍大腿，心想：找到证据了！

南原说他跑到俊跟前问"是谁干的"，俊回答"眼镜男"（megane），一点都没结巴。

"眼镜男"一词包含了俊发不出来的"megane"，临死前更不可能顺顺利利发出来。南原谦也说的是一派胡言。他才是真凶！我能想到这些，您肯定也想到了。

但是南原被毒杀了，而且他的相机里有八张照片，里面都是受害者姨妈的背影，那个叫关川纱江的女人。她一定是看出了南原的谎言，才赶尽杀绝的吧！您当时一定想到这里了。就这样，我们看到了同样的事实，经过同样的推理和思考，得到同样的结论——交通肇事者是南原谦也。

南原在杨桐祭祀时被杀害，而且他前面就是关川纱江！这个关川纱江太可疑了，您一定会怀疑我。不过这女人怎么知道南原会来杨桐祭祀呢？她从哪里得到砒霜这种剧毒？她是如何投毒的呢？您想不明白这些，便打算把嫌疑人叫到警局问问再说。

可是您没有传讯我，不，甚至没有一个警察接近过我。恐怕这也是您的命令吧？以您当时的身份，只要您发话，谁都不能怀疑我、调查我吧！

是您救了我，肯定是的！是您救了我这个杀人犯！

俊被撞死的那天，您给我讲了很多现场细节，又让女警把我送回志木温泉。

女警一路上喋喋不休，讲了您为什么要做警官，尤其是刑警；为什么会被叫做"车夫"，又为什么对交通案件有种执念。

土田警部，您高中时的初恋就是被车撞死的吧？十七八岁懵懂的年纪，纯洁的爱情，两相情悦都葬送在那场车祸中，但真凶却逃逸了。

为什么有这种事？无法原谅！警察在做什么？您心中一定燃烧着怒火，好！那我就做名刑警吧！专门追捕这些家伙，一个不留！

我还记得那位女警说您就是在这样的执念下，渐渐成了美岳警署第一人。

土田警官，你既已推测出交通肇事者是南原，他又被毒杀，死前相机里拍的都是关川纱江的背影，就能想到两者有什么联系。

不过，为什么没有传唤我、调查我呢？

现在我明白了，您当时一定在想：这个女人干得好啊！这种报复也很完美，都不用旁人操心，我一定会保护好这个女人的……您是这么想的吧？不过，身为一个警官，您无法说出这种话。所以，您把书还给川上老师时说：这本书对我帮助很大，如果您见到关川老师，请转达美岳市警署土田十分高兴。

十分高兴！您让川上老师转达姓名和心情，只有我才能听懂这句话的玄机。

警部的妻子快把脸凑到信上了，仔细辨认上面的字。

写到最后，所有的字都成片假名了，而且有的笔画都重叠到一起了。中间有句"我用嘴咬着笔写的，不过，我会写完的"，后面便都是铅笔笔迹了。

只见她写的乃是——

　　您会袒护我这个杀人犯，是因为您赞赏我的行为吧。像那种交通肇事逃逸者就算被逮捕了，按照国家法律也不会处以死刑。

　　您了解我内心的绝望。能遇到您这样的人，是我今生的幸运。

　　我没生病前，一直想见您，希望您能了解、接受我的感激之情。我还想继续写，但写不下去了，我无法控制住嘴里的铅笔了。谢谢您！永别了！土田警部，再见！

整封信以这句片假名"再见"结尾了。笔画扭扭曲曲，句号、逗号一个都没有了。这个女人肌肉渐渐萎缩，为了让对方看懂，她先是用指缝夹笔，后来又用嘴叼着，拼尽全力地写完。字里行间给人一种凄凉、悲惨之感。笔画颤抖着、中断了、重叠着、歪曲着，这些都是女人生命的绝唱，从中能看到她的呜咽和哀切。

这位叫关川纱江的女人写下十几年前的罪行，并认为自己的丈夫土田警部一直在袒护她。这些都是真的吗？不过人之将死，其言也善，想必不会撒谎。

她看了看信封，收件人和寄信人的地址、姓名写得很好，应该在写信前就填好信封了，写完后装信、封死、投递都是护士帮忙的。做完这一切，她最担心的就是这封信能不能送到，对方会不会读到。怎么说都是十五六年前的往事了，土田警部现在应该离开美岳警署了吧？不过地址还是写了美岳市警署，这封信应该会辗转送到警部手里吧！

关川纱江怕已离开人世。写了如此长信，一定会耗费心力而死。

这不仅仅是一封信，而是一封告白书，把长年隐藏在心中的秘密告诉了当时的刑警课长——我的丈夫。不过，丈夫即使得知一切也不会逮捕她。有的人做了坏事却一味逃避，没想到被以牙还牙。丈夫还找人传话，如此漂亮的复仇计划，请不要担心警察，请你务必保住自身安全。

会有这种事吗？身为警察，丈夫一生都在奔走忙碌，调查真相，检举罪犯，明知眼前有个罪犯，怎么会允许她逍遥法外？谁知写信人却坚信这一点，理由是丈夫的初恋就是被车撞死的，肇事者逃逸了，警方却没有找到。丈夫对此义愤填膺，决心做一名刑警，穷其一生破获各种交通案件，后来有了"车夫"外号，成为县里首屈一指的刑警。但他苦心孤诣抓到的犯人，却不会被处以死刑。关于这点，关川曾在信中写道：您会袒护我这么一个杀人犯，是因为您赞赏我的行为。像那种交通肇事逃逸者即使被逮捕，按照国家法律也不会处以死刑，您了解我内心的绝望。

这种事概率不大，不过也不能武断地说完全没有可能。

警部的妻子还是第一次听说丈夫初恋的事。丈夫真的有个初恋？除了我，丈夫心里还有别人。是怎样一个人呢？十七八岁时，应该留着整齐的前刘海儿，样貌清纯……野菊花般的你！这个词一下子蹦到脑海里，这是哪本小说的主人公呢，还是电影的题目来着？如果我拿着信走上二楼，说：这有一封你的信，是位叫关川纱江的女人写的，你在美岳市工作时，给过她一些关照。信里还提到一个女人，是你的初恋，真的有这个人吗？听说她死于交通事故，所以，你才会决心成为一名刑警。是这样吧？哎，她是个怎样的人？你们在一起都说些什么……

跟他说这些，能唤起他的回忆吗？警部的妻子拿着信想站起来，又黯然坐了下去。

我在做什么？就算问了他初恋的事又能怎样？丈夫对声音还有反应，听到她叫自己就会睁开眼，不过完全意识不到眼前的女人是妻子。一开始他还会问："你是谁啊？"现在则连这种话都不会说了。不过睁开眼看她一眼又闭上罢了。

就这样吧！我会守在他身边，直到他生命之火熄灭。

悲伤涌上她的心头。她无语凝咽，眼泪落到面前的信上，洇湿了字迹。

致读者

　　一页页翻阅下来，翻到了这一页上，相信我们大家都会忍不住微微一笑——这套"七曜文库"得以和读者见面，不单是我们编辑的一件幸事，相信亦是各位读者的一件喜事。这是一套只收录日本流行小说的文库，但凡言之有物、触人心弦的作品，不问其风格、类别，我们都乐于译介。我们爱看日本的小说，总希望这些小说被持续、稳定地引进。这是一项长远而艰巨的工作，不仅需要我们编辑的努力，更需要各位读者的批评、指教和关照。因此，我们希望听到每一位读者的意见，收到每一位读者的回馈，更希望这种互动的理念会增进我们的友谊，让出版和阅读都不再是孤光自照。

　　我国古人以"七曜"统称日、月、五星，日本则盛行七曜历法，将一周七天分别称作日曜日、月曜日、火曜日等。我们借来这个名字，无非是用以形容此间小说的类别之众、范围之广，譬如推理、奇幻、历史、都市、恐怖、冒险、言情、轻小说等，让彼此之间每天都别有一种新鲜的感觉。而"曜"字又另有"光亮"之意，所以我们又希望这些小说都可以像是天边的日月、夜际的星辰，焕发出经久的光彩，闪亮出不朽的光芒。

七曜文库 编辑部